V&R

Ionka Senger/Regula Weil/Ruth Zeifert

Väter unser ...

Vaterjüdische Geschichten

Mit 12 Abbildungen

Vandenhoeck & Ruprecht

SIG
Schweizerischer
Israelitischer
Gemeindebund

FSCI
Fédération suisse
des communautés
israélites

Wir danken dem Schweizerischen Israelitischen Gemeindebund (SIG) für die finanzielle Unterstützung.

Bibliografische Information der Deutschen Nationalbibliothek:
Die Deutsche Nationalbibliothek verzeichnet diese Publikation in der Deutschen Nationalbibliografie; detaillierte bibliografische Daten sind im Internet über https://dnb.de abrufbar.

Satz: SchwabScantechnik, Göttingen
Druck und Bindung: Hubert & Co. BuchPartner, Göttingen
Printed in the EU

Vandenhoeck & Ruprecht Verlage | www.vandenhoeck-ruprecht-verlage.com

ISBN 978-3-525-40788-2

Inhalt

Vorwort

Sind wir jüdisch? Nein! Die Halacha sagt Nein zu uns. Sind wir christlich? Auch das meistens nicht – höchstens manchmal als Sympathisantinnen. Sind wir konfessionslos? Das vielleicht am ehesten, jedenfalls sagen das unsere Papiere.

Aber wir sind mindestens doppelt und eigen!

War es bei unseren Eltern oft noch eine religiöse, kulturelle oder nationale Grenzüberschreitung, eine Ehe zwischen Jude und Nichtjüdin einzugehen, liegt Vielfalt heute gesamtgesellschaftlich in der Luft. Menschen mit doppelter und mehrfacher Herkunft sind die logische Folge aus solchen Beziehungen und eine Mischung klar der Trend. Vor dem Hintergrund des Nationalsozialismus bleibt irgendwie jüdisch zu sein auch heute besonders prickelnd.

Ungefragt haben wir Patrilinearen »ein bisschen mehr« abbekommen. Wir haben dies *und* jenes – und ein wenig einen Knacks. Von uns wird oft eine eindeutige Kategorisierung als Jude oder Nichtjüdin verlangt.[1] Nur langsam erobern wir die Hoheit über unsere patrilineare Identität und Zugehörigkeit. Unsere Geschichten sind spannend. Sie erzählen von vielfältigen historischen Rahmenhandlungen, kultureller Pluralität und starken Köpfen – also von mehrdeutigen Voraussetzungen und dem, was wir daraus machen. Die Zeit – Globalisierung, Säkularisierung, Pluralisierung und das Erstarken liberaler jüdischer Gemeinden – arbeitet für uns. Wir sind da. Wir beschreiten eigene Wege, wir verändern, wir sind viele – nicht mehr zu übersehen.

---

1 Im Folgenden verwenden wir in den meisten Fällen die männliche Form. Es mögen sich bitte alle mitgemeint fühlen.

Dieses Buch spürt unseren Geschichten nach: dem Erbe unserer jüdischen Väter und dem ganz anderen unserer nichtjüdischen Mütter. Die Mischpoke und die Leute aus unserem Umfeld haben darin auch etwas zu sagen. Und auch einige »richtige« Juden.

In diesem Buch kommen neben uns drei Hauptautorinnen – Ionka Senger, Regula Weil und Ruth Zeifert – folgende Co-Autorinnen zu Wort: Stephanie Grossmann, Kirsten Heilbut, Esther Alexander-Ihme, Wilma Reinheimer, Neta-Paulina Wagner, Bella Wohl und Sarah Wohl. Zahlreiche weitere hätten sicher ebenfalls etwas beizusteuern.

Wir Doppelten

Ruth erzählt

»Rabbinerin? Du willst Rabbinerin werden? Wie klingt das denn, wenn ich jemandem erzähle, dass meine Schwester Rabbinerin ist?«

Ich sitze nach einem Arbeitstag im Strandcafé am Meer. Ich bin schon nicht mehr ganz so jung, habe ein Soziologiestudium hinter mir, knapp zwei Jahre in Zandvoort, Niederlande, gelebt und seit meiner Rückkehr nach Deutschland mehrere Jobs gehabt. Gute Jobs, aber letztendlich alles befristet und nicht nützlich genug. Jetzt überlege ich, was ich wirklich mit meinem Leben anfangen will. In Heidelberg hat die Hochschule für Jüdische Studien aufgemacht. Sie bilden Rabbiner aus, auch Rabbinerinnen. Ich werde mich bewerben. Rabbinerin ist der wichtigste Beruf, den ich mir vorstellen kann. Das Judentum hatte die letzten 10 Jahre so gut wie keine Bedeutung in meinem Leben. Außerdem ist ja eigentlich nur mein Vater Jude, aber macht das was? Ich schreibe eine Bewerbung, begründe, warum ich Rabbinerin werden möchte, und beschreibe, dass meine Konversion am Ende des Studiums stehen kann. Ich werde abgelehnt. Natürlich. Aber das hätte mir gefallen. Die Thora lesen und diskutieren. Dabei zumindest fast perfekt in Hebräisch werden, die Weisheit erlangen, die ein Rabbiner hat. Danach sich auskennen, Rat geben können, Menschen begleiten, der Gemeinschaft helfen.

Mein Bruder ist der ältere von uns beiden. Er sieht toll aus, ist unheimlich klug und gebildet, natürlich auch total spannend und eigentlich zu arrogant, um viel zu reden. Mit um die 30 telefoniere ich mit ihm vom Strand in Zandvoort aus und frage ihn, was er von der Idee hält. David versteht sich als nicht jüdisch, aber er würde es mit Humor nehmen, ein »bissel verrikt« findet er mich eh und wäre vielleicht etwas stolz auf mich. Aber es wird ja nichts.

Wie so oft, wenn ich versucht habe, das Judentum in meinem Leben zu »legalisieren«. Aber so oft war es dann doch gar nicht. Als Kind war es einfach, wie es ist. Für die anderen kam man aus der jüdischen Familie und das Evangelische habe ich mitgenommen. Ich war nur etwas »mehr«. Mein Pfarrer im Religionsunterricht war wunderbar. Er erzählte die Geschichten des Alten Testaments und achtete mich, als wäre ich eine vom Volk Israel und deshalb etwas Besonderes. Das war ich ja auch mit meinem israelischen Vater in den 1970er-Jahren. Unter den Juden und Israelis, die wir kannten, war das kein Problem. Man gehörte dazu. Zumindest gaben sie einem das Gefühl. Ob in der Gemeinde der Amis oder bei den Verwandten in Israel. Und unter den Deutschen wurde es eigentlich nicht thematisiert.

Und trotzdem hat es mich oft beschäftigt. Vor allem, wenn in der Schule Juden thematisiert wurden und der Holocaust. Ich hatte, glaube ich, mehr Empathie als nichtjüdische Deutsche. Ich fühlte mit, wenn unsere Klassenlehrerin beim Probealarm beim Klang der Sirenen mucksmäuschenstill dasaß und kreidebleich wurde. Und als wir »Woyzeck« von Büchner durchnahmen, war es mir schließlich einmal zu viel, mit dem thematisierten Judenhass. Da stand: »Lasst uns noch über's Kreuz pissen, damit ein Jud' stirbt.« Das muss ich nicht nachlesen. So stand es da. Ich weiß nicht, ob die Deutschlehrerin es kommentierte, aber ich weiß, dass es mir dann genug war. Später, in der Oberstufe war es dann immer mal wieder wichtig, als der erste Golfkrieg war z. B. und meine Freunde an die amerikanische Base fahren wollten, um gegen den Einsatz zu demonstrieren. Zehntausende Cadaver Bags hatten sie bestellt. Aber mein Vater fand es falsch, weil die Amis Israel beschützen. Glücklicherweise konnten meine Freunde verstehen, dass ich doch nicht mitging. Obwohl ich natürlich für Frieden auf der Welt war, hatte ich einen anderen Blick.

Ich lebte ein ganz ruhiges Leben. Meine Herausforderungen musste ich mir selbst suchen. Sie wurden nicht gesetzt durch Hunger, Krieg, Wohnungsnot oder Sozialismus. Mir ist bewusst, dass ich wohl ausschließlich aus dieser bequemen Lage heraus der Bearbeitung meiner »jüdischen Identität« so viel Aufmerksamkeit schenken konnte.

Regula erzählt

Wir sind nicht doppelt, sondern gespalten. Wenn wir doppelt wären, hätten wir zwei gleichwertige Identitäten. Dem ist nicht so. Ich wechsle hin und her, je nach Situation, eine multiple Persönlichkeit sozusagen. Ich bin auch nicht konfessionslos. Konfessionslos ist die dümmste Bezeichnung für uns Gespaltenen, aber ich deklariere mich ständig so. Jedenfalls auf allen amtlichen Papieren. Im Privaten kann ich auslesen.

Als ich fünf Jahre alt war, hätte ich im Kindergarten die Maria beim Krippenspiel zu Weihnachten spielen sollen. Aber ich hatte den Text vergessen und sagte gar nichts. Als man mich fragte, weshalb ich denn nicht gesprochen hätte, gab ich zur Antwort: »Ich bin jüdisch.« (Ich wusste also in diesem zarten Alter bereits, dass die Weihnachtsgeschichte nicht für uns gedacht war, und ich deshalb nicht log, wenn ich mein Jüdischsein als Entschuldigung vorschob.) Weihnachten wurde bei uns auch gefeiert, mit Baum und Geschenken, aber ohne Lieder. Chanukka auch, mit Kerzen in der Chanukkia, ohne Geschenke aber mit Lied und Dreidel.

Als meine Schulkameradinnen konfirmiert wurden und ein großes Fest bekamen mit allem Drum und Dran, wurde mir bewusst, dass ich leer ausgehen würde. Bat Mitzwah hatte ich ja auch nicht dürfen … Ich war also für meine Eltern ein billiges Kind. Meine Tochter sollte es besser haben und als es an der Zeit war, organisierte ich für sie ein Fest. Weder Bat Mitzwah noch Konfirmation, nichts Religiöses, konfessionslos halt. Aber ein Fest mit allen Verwandten und Freundinnen.

Das doppelte Gefühl habe ich nur bei den Christen, umgekehrt nicht. Wenn ich mit meinem Cello in irgendeiner Kirche spiele und ein religiöser Anlass der Grund ist, denke ich immer, das geht mich eigentlich nichts an. Oder nur die Musik oder die Architektur, das schon, aber nicht das Christliche, denn ich bin ja Jüdin. Das weiß jedoch in diesem Moment nur ich, denn ich spiele ja mit, wie die anderen Christen. Bei den Juden denke ich das nicht. Als ich einmal in einer Synagoge spielte mit lauter Nichtjuden im Orchester, war es ganz deutlich, dass ich gemeint war und die anderen nicht. Seltsam. Nichts doppelt, eindeutig.

Im Alltag bin ich einfach ich. Höchst selten kommt es vor, dass ich meinen »jüdischen Hintergrund« preisgebe. Das ist mein Geheimnis. Das braucht niemand zu wissen. Das ist privat. Außer einzelne muslimische Kinder in der Schule nennt bei uns ja auch niemand seine Konfession. Ich passe aber auf, dass nichts Dummes passiert und bin eine genaue Beobachterin. Falls jemand etwas Antisemitisches sagt, ja, dann bin ich nicht mehr konfessionslos. Dann bin ich nicht doppelt, nicht gespalten, sondern jüdisch und sage es.

Als Lehrerin bin ich konfessionslos. Das passt gut zu unserem Schweizer Schulgesetz, das im Unterricht konfessionelle Neutralität verlangt. Religion hat in der Schule nichts zu suchen, wir unterrichten Religion eingebettet ins Fach »Natur – Mensch – Gesellschaft« und darin hat alles Platz, alle Religionen gleichwertig und ganz bestimmt ohne christliche Mission. Das ist gut so, denn wie sonst sollten wir all die verschiedenen Kulturen und Konfessionen unter einen Hut kriegen? An Weihnachten jedoch sind wir alle Christen. Dann werden Weihnachtslieder gesungen und der Advent wird gefeiert und alle machen mit, nur mit einigen Ausnahmen (Zeugen Jehovas, Muslime beispielsweise). Wenn ein muslimisches Kind nicht mitsingen will, verstehe ich es insgeheim ein wenig, obschon sich alle anderen Lehrer darüber aufregen. Weihnachten geht es nichts an, es ist gespalten, es ist Muslim.

Hebräisch/Iwrith

Schon als Kind lerne ich Hebräisch. In der Religionsschule, beim Rabbiner und beim Lehrer, dem sehr alten Lehrer, der uns das Tischgebet mit der Stoppuhr lesen ließ. Das Wort »Gott« darf nicht ausgesprochen werden und doch erscheint es immer wieder. Wie sollen wir Kinder des auserwählten Volkes in einer Sprache lesen lernen, mit uns vollkommen fremden Buchstaben und Wörtern, die zwar da stehen, aber nicht ausgesprochen werden dürfen? Ist es eine Art Geheimsprache? Nur für Auserwählte? Wie bin ich da hineingeraten?

Meine Eltern wollten es so. Mein Vater wollte es so. Immer wenn ich wieder »Jöja« lese anstatt »HaSchem« oder »Adonai«, schäme ich mich, weil ich in die Falle getappt bin. Dabei ist dieses Gotteswort ja ganz klein und sofort zu erkennen. Aber nicht für ein Kind, das eben auch erst in seiner Muttersprache lesen lernt.

Einmal gehe ich sogar in ein Lager für jüdische Kinder, um eine ganze Woche lang zu lernen. Hiphil, Piel, Pual, fragt der Rabbiner … Wer kennt das?

Wir lernen die Gebete lesen, aber nicht verstehen. Absurd! Es geht nur darum, dem Gottesdienst folgen zu können. Daneben haben wir ein Buch für Iwrith, weil es ja doch auch wichtig ist, sich im Land, Haaretz, verständigen zu können. Denn dahin sollen wir ja dann einmal auswandern, Alijah machen. Daran zweifle ich die ganzen Jahre auch gar nicht und bin überzeugt davon, dass ich nach Israel auswandern werde.

Als ich langsam erwachsen werde, will ich, bevor ich Israelin werde, doch die Sprache ganz richtig können und besuche einen Ulpan, einen Sprachkurs für Neueinwanderer, in Jerusalem. Ich bin jung, erst 21 Jahre alt. In drei Monaten lerne ich tatsächlich so gut Iwrith, dass es für ein einfaches Alltagsgespräch reicht. Besonders stolz bin ich, dass ich diese Aufgabe lösen kann: einen Witz auf Iwrith aufschreiben. Ich kann es!

Aber mein damaliger Freund, mein jetziger Mann, besucht mich in Israel und will nicht auswandern. Er holt mich zurück in die Schweiz und da sind wir noch immer. Ich verlerne meine schöne Sprache wieder, sie wird vergraben und lange Zeit vergessen.

Jetzt, als ältere Frau, reise ich wieder regelmäßig allein nach Israel. Auch der Sprache wegen. Ich will es wieder können. Ich spreche Iwrith, wenn ich dort bin. Es fühlt sich an wie zu Hause sein. Zu Hause sein in einer Sprache, die ich doch nicht ganz verstehe.

Wenn ich in der Schweiz bin, schaue ich mir auf Netflix® israelische Serien an, nur um die Sprache hören zu können. Mit Untertiteln. Tatsächlich lerne ich so immer wieder mehr dazu. Eine perfekte Methode für mich! Ich höre aber auch israelische Musik und israelisches Radio. Weil es meine Kindersprache ist, die sich so vertraut anfühlt und die ich doch nicht beherrsche.

Ionka erzählt

Ein halb jüdisches Kind

Als ich ungefähr 10 Jahre alt war, nahm mich meine Tante Paula, die Schwester meines Vaters, mit zu einem Konzert. Meine Eltern waren gerade verreist. In dem kleinen Konzertsaal saßen nur ganz wenige Besucher, einige von ihnen tätschelten mir den Kopf: »a golitsches jiddisches Meydalach«. Die in Israel, das damals mir und anderen noch ziemlich unbekannt war, berühmte jiddisch singende Künstlerin hatte wohl zunächst überlegt, das Konzert vor geschätzten 20 bis 30 Gästen nicht durchzuziehen, sich dann aber – wie ich fand etwas gekränkt – doch dazu durchgerungen. Ich hatte ein schlechtes Gewissen, und wie alle anderen versuchte ich, den Publikumsmangel durch enthusiastisches Klatschen wettzumachen.

Auf dem Nachhauseweg fragte ich Paula, was die Leute denn gemeint hätten, die so freundlich und so komisch mit mir gesprochen hatten. Sie teilte mir mit, dass das jiddisch sei und dass Opa und Oma jüdisch waren. Häh? Das war wirklich kaum zu glauben: Ich war doch ungefähr halb deutsch – mit ein bisschen »Zigeuneranteil«, den ich super fand, auch wenn echte Beweise fehlten, eher Andeutungen über eine Urgroßmutter, die von einem fahrenden Händler schwanger geworden war und deren Kind mein Großvater mütterlicherseits war – auf jeden Fall aber halb russisch, was ja auch nicht schlecht war. Opa und Oma, also die vom Vater, kamen aus Russland, da war ich mir absolut sicher. Schließlich hatte Opa mir zählen auf Russisch beigebracht: adin, dwa, tri, tschitiri, pjat … bis 10! Und außerdem »do swidanja« und »strasdwudje« (»Auf Wiedersehen« und »Hallo«). Gerne hätte er gehabt, dass ich »djeduschka« (»Opa«) hinzufüge: »strasdwudje, djeduschka« oder seinetwegen auch »do swidanja, djeduschka« – das habe ich aber nicht gemacht. Keine Ahnung, warum die 3-jährige Ionka das nicht hinbekommen hat, obwohl doch alle mir gut zugeredet hatten. Als ich 4 wurde, starb mein Opa.

Aber jetzt stellte sich das irgendwie anders dar: Ich war also ein Drittel jüdisch, ein Drittel russisch, ein Drittel deutsch und ein kleines bisschen zigeunerisch. Da konnte was nicht stimmen. Aber natürlich war ich zum Platzen stolz, jetzt auch noch jüdisch zu sein;

das war ja wohl das Allerbeste überhaupt. Ich war also viel mehr als meine Freundinnen in der Schule oder auf der Straße – ätsch!

Vali, mein Vati, redete nicht groß über Jüdischsein und so. Aber es war klar, dass auch er stolz darauf war, genauso wie Tante Paula. Überhaupt waren wir eine Familie, die hundert bis tausend Mal besser war als alle anderen: Da war ja nicht nur das Jüdische, Russische, Deutsche und Zigeunerische. Wir waren die Einzigen weit und breit, die ungeheuer viele Bücher hatten, die wussten, dass es Gott nicht gibt, die kommunistisch waren, na und so weiter. Natürlich war ich die Beste in der Schule (damals wusste ich noch nicht, dass sich das schlagartig ändern würde mit der Einschulung aufs Gymnasium), die Schwarzhaarigste (schwarze Haare waren natürlich viel schöner als blonde, braune oder so sauerkrautfarbene), die mit dem tollsten Namen (Ionka, Tamara – da war es doch wieder, das Russische). Ich konnte, obwohl ich die Kleinste war am höchsten springen, war am vorlautesten und vermutlich schon damals die mit Abstand Klugscheißerischste. Ich vermute mal, die Lehrerinnen meiner »Volksschule« in einem Arbeiterbezirk Frankfurts konnten nicht besonders viel mit mir anfangen. Aber das störte mich überhaupt nicht, weil die ja manchmal ein bisschen dumm waren, wie ich schon in der ersten Klasse bemerkte. Zum Beispiel die Religionslehrerin: Die behauptete doch tatsächlich, dass Menschen, die nicht an Gott glauben, in die Hölle kommen. Ein erwachsener Mensch und so kindisch! Dass sie damit mich meinte, weil ich ja während des Religionsunterrichts beaufsichtigt werden musste und bei den katholischen Kindern gelandet war, habe ich natürlich gewusst und echt ulkig gefunden. An den Teufel glaubte ich zu der Zeit allerdings: Mein Opa – der deutsch-zigeunerische – hatte nämlich erzählt, dass er ihn persönlich im Wald getroffen hatte – na dann! Als ich später auf dem Gymnasium war, wurde ich zum Beaufsichtigen zu den Evangelischen gesteckt. Die Lehrerin dort war auch nicht besonders angetan von mir – na ja, ich hatte nicht gewusst, dass ich aufstehen muss, wenn die anderen beten, hab's dann aber natürlich gemacht. Das hat mich zwar Zeit für das Abschreiben der Hausaufgaben – für mich, aber auch für diverse Gläubige – gekostet, aber sei's drum. Diese evangelische Religionslehrerin erwähnte mal, dass Hitler ja auch sein Gutes gehabt habe, Autobahnen, Leute von der Straße holen und so. Das habe ich empört zu Hause erzählt. Vali (oder Irmgard, meine Mutter?) ist sofort zur Direktorin gegangen – heute vermute ich, dass sie jüdisch war; der Name spricht dafür – und die Reli-Lehrerin ist dann ziemlich bald nicht mehr da gewesen.

Als ich irgendwann mal, ich war schon auf dem Gymnasium, mit meinem jüdischen Vater geprahlt habe, kam mein erstes antisemitisches Erlebnis: Eine Mitschülerin, die teilweise den selben Schulweg mit der Straßenbahn hatte, gab mir zu verstehen, dass ihr Vater – ein Jurist – bedauert habe, dass Hitler nicht alle Juden vergast habe. Viel später war ich dann dort eingeladen und musste wieder beim Beten aufstehen. Ich habe den starren, scheinwürdigen Kerl, der dieser Vater war, einfach nur verachtet. Das mit dem Hass habe ich schon damals nicht hinbekommen. Von der bürgerlich-düsteren Atmosphäre dort war ich allerdings eingeschüchtert. Die Mitschülerin hat sich Jahrzehnte später, als ich ihr von ihrer antisemitischen Bemerkung erzählt habe, sehr erschrocken und geschämt – aber für den eigenen Vater kann man ja erst mal nix. Ich selbst habe mit meinem einfach verdammtes Glück gehabt. Mein knallschwarzes Haar kommt übrigens nicht von meinem jüdischen Vater – Paula und er gehörten eher zur Sauerkrautfraktion –, sondern von dessen deutscher, ein bisschen zigeunerischer Frau.

Als meine Eltern 1966 nach Israel gereist sind, weil meine Mutter dort einen Film über Frankfurter Juden in Israel gedreht hat, wurde angeblich oft nur sie für die Jüdin gehalten, was sie bis ins hohe Alter immer wieder erfreut erzählt hat. Ob's stimmt, weiß ich nicht, denn mein Vater sah wie der »gespeutze Ostjidd« aus, wie man in der Familie gesagt hat.

Hat mich damals beschäftigt, wer ich *eigentlich* bin? Nö! Ich war ich und ich war alles Mögliche gleichzeitig und das war – und ist – super!

Vom Glück, ein Mischling zu sein

Ach ihr anderen, ihr seid halt richtig deutsche Deutsche, müsst euch für Deutschlands Vergangenheit schämen, für die angebliche deutsche Arbeitswut, dafür, dass Deutschland wieder was ist in der Welt – natürlich auf Kosten anderer –, müsst jeden Juden besonders innig lieben, selbst wenn sie oder er Scheiße baut, denn es gibt was gutzumachen – ach, ihr armen Deutschen.

Ach ihr anderen, ihr seid halt richtig jüdische Juden, müsst euch beschneiden lassen, neuerdings die Thora auswendig kennen, euch ständig für Israels Politik und womöglich für seine Existenz rechtfertigen, traut euch in den orthodoxen, erzkonservativen – politisch und religiös! – Gemeinden nicht, das Mund aufzumachen und müsst außerdem den richtig deutschen Deutschen ständig euer Anders- und Bessersein beweisen.

Ich aber, ich kann immer auf die Seite gehen, die mir gerade passt. Ich nehme mir von den richtig deutschen Deutschen – natürlich nur von denen aus meiner links-akademischen Blase – die Selbstreflexion, die politische Korrektheit, die Sensibilität gegenüber populistischen Tendenzen; von den richtigen Juden – also von denen aus meiner links-akademischen Blase – die Ambiguitätstoleranz, die Debattierlust, das Auf-tausend-Hochzeiten-Tanzen, die Arroganz gegenüber allen außer mir selbst und meinen Allernächsten, das hemmungslose Kritisieren Israels (ja, ja, natürlich nur die Kritik an seiner beschissenen chauvinistischen, rassistischen Politik, denn sein Existenzrecht anzuzweifeln, konnte ich mir vor ein paar Jahrzehnten vor mir selbst und anderen noch erlauben, jetzt definitiv nicht mehr – will ich auch gar nicht mehr). Auf beiden Seiten gibt es natürlich noch viel mehr Schuhe, die ich mir mit Begeisterung von Zeit zu Zeit an- und dann wieder ausziehe. Ich bin nämlich ein Mischling, einfach nur ein Mischling. Keine der beiden Seiten erhebt Anspruch auf mich: die richtig jüdischen Juden nicht, denn ich habe »nur« einen jüdischen Vater; die richtig deutschen Deutschen nicht, denn die meinen sowieso, ich sei eine Jüdin.

Einerseits habe ich nicht die Wahl – nach der heutigen Auffassung der deutschen jüdischen Gemeinden bin ich eindeutig keine Jüdin. Ich muss also nicht einmal überlegen, ob es für mich ein »Wir« mit diesen immer frommer werdenden jüdischen Gemeinden gibt, denn die schließen das ja a priori aus: Halachisch bin ich eine Null (was zum Nachlesen – oh je!), zählt mein 50 %iges Jüdischsein überhaupt nicht. Also muss ich mich vor keinen Gemeindemitgliedern dafür rechtfertigen, nicht jüdisch genug zu leben, Israel nicht wirklich zu lieben und mich weder mit der Bibel noch mit gelebten Traditionen auszukennen.

Und ich muss mir andererseits nicht an die Brust schlagen, zu einem Volk von Mördern zu gehören, zu einer Nation, die den Zweiten – und nicht zu vergessen auch den Ersten – Weltkrieg angezettelt hat, muss kein »Wir« mit diesen so angestrengt-fleißigen, vergangenheitsbewältigenden und -verdrängenden, beschämend erfolgreichen richtigen Deutschen haben – hab' ich auch nicht!

Ich habe nämlich doch die Wahl: Ich suche mir die Schokoladenseite von beidem aus. Ein Mischling ist nämlich durchaus nichts Halbes. Ein Mischling ist etwas Doppeltes – ob ihr es wahrhaben wollt oder nicht. Niemand kann mir absprechen, mich – mindestens – halb jüdisch zu fühlen; niemand kann mir verwehren, gelegentlich zufrieden zu sein, zu diesen angestrengt-fleißigen, vergangenheitsbewältigenden und überaus erfolgreichen Deutschen zu gehören.

Und jetzt ein bisschen familiärer: Von meinem Vater habe ich das Glück (und die Ehre), in eine jüdisch-kommunistische Familie der Nachkriegszeit hineingeboren zu sein. Ich durfte teilhaben an der Überlebensgeschichte, durfte ein »Wir« teilen, das nicht von Schuldgefühlen belastet war – und übrigens auch nicht von Rachegedanken! –, konnte unglaublich eindrucksvolle Menschen kennenlernen, die nicht nur Verfolgung und oft auch Lager überlebt hatten, sondern nach wie vor an eine gerechtere, menschlichere Zukunft glaubten, sich dafür engagierten und die mir das Vertrauen gaben, Teil dieser Zukunft zu sein.

Von meiner Mutter habe ich die kämpferische Zuversicht einer aus der Unterschicht Aufgestiegenen erfahren; sie zeichnete die Zähigkeit und die Schlitzohrigkeit aus, deren es dafür bedurfte, die Furchtlosigkeit vor Machtpersonen und vor ungewöhnlichen Situationen, das Glück zu ergreifen, wenn es sich zeigt, offen auf Menschen zuzugehen – und sich manchmal auch von ihnen wieder zurückzuziehen –, die intellektuelle Wendigkeit – nicht Windigkeit! –, und nicht zuletzt das stolze Selbstbewusstsein, eine schöne Frau zu sein – das alles brachte meine Mutter mit und es hat mich geprägt. Wenn das kein doppeltes Glück ist!

Sekundär traumatisiert

Etliche meiner Freundinnen und Freunde sind sekundär traumatisiert. Es ist unendlich viel schwerer, wenn der Vater – oder die Großeltern – ein oder mehrere Lager überlebt hat, wenn die genozierten Großeltern, Großtanten und Großonkel eine täglich spürbare Lücke in der Familie darstellen und man als Kind mit der Last des Überlebens konfrontiert war, als wenn man wie ich einen Vater hatte, der zwar 12 Jahre Angst erlebt hatte, aber nicht gequält, gefoltert und gedemütigt wurde, nicht mitansehen musste, wie neben ihm getötet wurde, der nicht die Selbstvorwürfe des Überlebenden mit sich herumtragen musste. Dessen Frau ihn einfach lieben konnte, ohne ständig seine Verletzungen heilen zu müssen, die sich doch niemals schließen würden. Selbst diejenigen, deren Vater zwei Mal ausgewandert ist – erst nach Palästina, England, China, die USA oder sonst wohin und dann wieder zurück ins Nachhitlerdeutschland –, haben schwerer zu nagen.

Durch die doppelte Gefährdung als Jude und als Kommunist konnten mein Vater und seine Schwester Paula ein Bewusstsein ihrer selbst entwickeln, dass sie nicht nur völlig überrollte Opfer waren, sondern mindestens ebenso sehr Kämpfende. Beide waren im Widerstand – sie selbst haben das nie so bezeichnet: Sie haben sich halt in geheimen Zellen getroffen, Freunden zur Flucht verholfen, Anti-Nazi-Plakate geklebt … Aber Widerstand verstanden sie als etwas viel Größeres, dessen Teil sie nicht waren. Das durften wir Geschwister in unserer Kindheit aufsaugen: ein stolzer Vater, stolz darauf, trotz großen Leids auf der richtigen Seite gestanden und gehandelt zu haben – na ja, viel Seitenauswahl hatte er auch nicht gerade und dass seine kommunistischen Ideale im real existierenden Sozialismus mit Füßen getreten wurden, glaubte er nicht mitverantworten zu müssen. Ein intellektueller, selbstreflektierter, kreativer, sinnenfroher Jude mit einem großen Freundes- und Genossenkreis, dessen Identität ein Kontinuum darstellte. Um es ganz deutlich zu sagen: Ich habe verdammt viel Glück mit diesem jüdischen Vater gehabt – und mit seiner gojischen Frau. Und dankbar bin ich ihm und seiner tollen Schwester, der geliebten Tante Paula, dafür.

Sarah erzählt

Baruch ata Adonaj Elohejnu melech ha'olam

Als ich klein war, wollte ich Hebräisch lernen. Es war die Sprache des kleinen, geheimnisvollen, silbernen und wunderschönen Buchs, das mein Vater in der Vitrine mit den Familiensachen aufbewahrte. Dort lagen auch die alten Fotoapparate seines Vaters, den ich leider nie kennengelernt hatte, und in der Schreibtischschublade daneben ein alter Schlagring. Mein Großvater verdiente seinen Lebensunterhalt als staatenloser Ausländer in Deutschland, indem er Bars für amerikanische Besatzungssoldaten betrieb. Manchmal musste er die Einnahmen des Abends auf dem Heimweg verteidigen.

Jedenfalls, dieses wunderschöne silberne Buch faszinierte mich schon früh, ich war vielleicht sechs oder sieben, und wollte unbedingt wissen, was darin stand. Ich zog also aus, Hebräisch zu lernen. Für Grundschulkinder in der hessischen Provinz waren die Möglichkeiten beschränkt – fortan machten meine kleine Schwester und ich uns jeden Donnerstag auf den Weg in die Synagoge der nächsten Mittelstadt zum Hebräischunterricht. Aleph, Beth, Gimel, Daleth, He … weiter kamen wir in den zwei Jahren nicht, in denen wir jeden Donnerstag außer in den Ferien brav, per Elterntaxi oder mit der Straßenbahn, die Anreise in die Stadt auf uns nahmen, in das Gebäude mit dem hohen Zaun, dezent daneben geparkt der Polizeiwagen. Die Gruppe war heterogen, ich eine der Ältesten, die Kleinen wollten am liebsten malen und spielen. In meiner Verzweiflung bat ich darum, mit der älteren Gruppe lernen zu dürfen, musste mich aber mit Kopfschmerzen geschlagen geben – ich konnte erst wenige Buchstaben, die besten in der älteren Gruppe lasen schon fließend, da kam ich einfach nicht mit. Später dann, nach einigen Theateraufführungen in der Gemeinde an Feiertagen, zu denen wir mit braven Röcken, weißen Blusen und gekämmten Haaren gingen, endete unser Treck in die jüdische Gemeinde wieder. Wir durften nicht mit aufs Ferienlager nach Bad Sobernheim, weil wir nicht richtig jüdisch waren. Nicht in das Ferienlager, in dem mein Vater Klöße-Wettessen bis zur Verzweiflung des Kochs betrieben hatte, nicht in das Ferienlager, zu dem oder von dem er oder seine Schwester unerlaubt mit Freunden getrampt waren, um das je andere Geschlecht zu besuchen, nicht zu dem Ferienlager, das den Grundstein gelegt hatte für Reisen nach Israel und das Engagement bei der Makkabiade, bei der mein Vater Deutschland vertreten hatte. Das ist alles lange her und ich war noch nicht mal mit der Grundschule fertig, aber ich war so tief verletzt, dass ich mich danach von allem ferngehalten habe, was irgendwie mit Juden und Judentum zu tun hatte. Dass ich nicht jüdisch genug bin, obwohl die Hälfte meiner Familie genau das ist, hatte ich gründlich gelernt.

Geblieben ist mir aus dieser Zeit, und aus den Treffen mit den israelischen Cousins und Cousinen, die auf ihren Weltreisen nach dem Militärdienst bei uns Zwischenstopps einlegten, eine tiefe Verbindung zur hebräischen Sprache. Sie ist so tief und emotional, dass ich es mir nicht mal selbst erklären kann. Trotz der immer wieder gehörten Hinweise, dass ich ohne jüdische Mutter nicht jüdisch sei, habe ich mich im Lauf des Studiums in Iwrith-Anfängerkurse getraut und dort das Alphabet und ein paar sprachliche Grundlagen gelernt, die mir geholfen haben, im Nachhinein das zu entschlüsseln, was ich als Kind in meinem Herzen abgelegt hatte: baruch ata Adonaj Elohejnu melech ha'olam – gesegnet bist (oder seist?) Du, unser Herr, König der Welt. Oder so ähnlich.

Inzwischen habe ich Schreibschrift und Konjugation, die meisten Verben, sogar die selteneren hebräischen Buchstaben wieder vergessen. Ich kann nur noch hier und dort Worte und Satzfetzen aufschnappen. Efo Ima? Lama Ima? Or. Chaver. Bejachad. Chamudi. Weit komme ich damit nicht, und am liebsten höre ich Hebräisch oder spreche es in meinem Kopf mit mir. Dann habe ich nicht diesen fiesen deutschen Akzent, den ich beim Sprechen nicht vermeiden kann.

Und ich liebe nicht nur die Sprache, ich liebe vor allem die liturgische Sprache, das gesungene Hebräisch, es trifft mich direkt ins Herz und berührt mich auf eine Art, wie es keine andere Sprache kann.

Ich habe das unpraktischerweise durch einen Zusammenbruch auf einer Konferenz festgestellt. Eigentlich sollte es um den Umgang mit patrilinear jüdischen Menschen in der Altenpflege gehen, aber als Teil des Konferenzprogramms trug 2009 in Berlin jemand gesungenes Hebräisch vor – vielleicht ein Gebet, oder ein traditionelles Lied. Ich erinnere mich nicht, was es genau war, aber ich weiß noch, dass ich haltlos schluchzend zusammengebrochen und dann in den Keller geflüchtet bin, weil mich die Sprache, der Klang, die Erinnerungen umgeworfen haben. Fast 20 Jahre war ich dem Hebräischen ferngeblieben, hatte ein Kind mit einem katholischen Deutschen bekommen, der meine Liebe nicht verstehen konnte, lebte ein Leben, in dem für meine eigentliche Liebe kein Platz war. Für die Sprache, die sich mir immer wieder entzog, für die Gemeinde, die mich nicht haben wollte.

Auch heute spreche ich nicht wirklich Hebräisch, habe weder Zeit noch Gelegenheit, um länger nach Israel zu fahren und es zu lernen, komme als inzwischen alleinerziehende Mutter nicht dazu, Sprachkurse zu belegen. Ich denke, Hebräisch wird mein Rentenprojekt. Oder eines der Rentenprojekte. Leider wird es mir bis dahin wohl noch schwerer fallen, es zu lernen, aber ich kann mir nicht vorstellen, dass diese Liebe mich jemals verlässt. Also halte ich mich an die Hoffnung, dass die Umstände mir eines Tages besser gesonnen sind und ich meiner widerspenstigen Geliebten allmählich näherkommen kann. Ich träume noch davon, dass ich sie eines Tages zähmen werde wie der kleine Prinz den Fuchs, und bis dahin werde ich innerlich weinen, weil das Hebräische mich schon längst gezähmt hat, auch wenn es weiterzieht und sich um anderes kümmert, das ihm wichtiger ist als ich.

Wir Trickster

Die Ethnologen sagen, dass es in den Mythen verschiedener Bevölkerungen auf verschiedenen Kontinenten Figuren gibt, die dadurch bestimmt sind, dass sie nicht ganz bestimmt werden können.

Sie sind halb Mensch, halb Tier oder halb Gott, halb Mensch oder können ihre Gestalt wandeln. Sie sind gut und böse, männlich und weiblich, hilfreich und hinterhältig, egoistisch und selbstlos. Sie werden verehrt und verabscheut, gebraucht und gefürchtet, gerufen und verjagt. Sie gehören nicht recht hierhin und nicht recht dorthin, die Menschen können sie nicht verorten, wissen nicht ganz, was mit ihnen anfangen.

Es sind Figuren wie der Coyote oder der Kokopelli in den Erzählungen der nordamerikanischen Ureinwohner, Hermes im Pantheon der griechischen Götter oder Loki in den nordischen Mythen.

Als Vaterjüdin fühle ich mich diesen Figuren verbunden, seit ich sie kennengelernt habe. Mein Herz schlägt jüdisch, aber doch nicht ganz. Wenn ich in Diskussionen mit antijüdischen Ressentiments konfrontiert bin, kann ich meine deutschen, nichtjüdischen Großeltern ins Spiel bringen – als vertrauensbildende Maßnahme quasi, als Ausweis von Nichtparteilichkeit, als Beleg für meine Objektivität, mein Verständnis beider Seiten –, um der anderen Person nicht das Gefühl zu geben, dass sie mir gegenüber irgendwie etwas schuldig ist.

Aber das ist nur die eine Seite. Die andere, und schmerzhaftere ist, dass Hinz und Kunz meinen, mir mein jüdisches Herz absprechen zu können. Das geht von nichtjüdischen Deutschen, die meinen, ich hätte keinen Zugang zum Judentum, bis hin zu Juden, mutmaßlich genervt von nichtjüdischen Menschen, die sich obsessiv mit ihren entfernten jüdischen Vorfahren beschäftigen, die mir erklären, dass ich aber nicht jüdisch bin.

Danke, ich weiß selbst, was in der Halacha steht. Ich weiß aber auch, was mich mit dem Judentum verbindet. Das sind die Juden in meiner Familie, in Deutschland und anderswo, die ich liebe oder jedenfalls – die entfernteren Verwandten – sehr schätze. Das ist eine lebenslange Beschäftigung mit jüdischen Autoren, Intellektuellen, mit Debatten über Israel, Antisemitismus (ja, der bedroht und besorgt auch mich und andere wie mich) und dem Nachverfolgen von Debatten über jüdische Gemeinschaften in Deutschland.

Das sind weniger greifbare Dinge: die Bedeutung der Vergangenheit, die – obgleich etwas distanzierte – Wertschätzung für bestimmte Formen traditioneller, konservativer Religiosität, die Tatsache, dass die Sorge mir kaum einen Schritt von der Seite weicht und Sicherheit und Überleben quasi oberste Pflicht sind. Doch natürlich gibt es keine einheitliche jüdische Kultur, und jeder, der so etwas sagt, ohne jüdisch zu sein, sieht sich sofort dem Vorwurf des Antisemitismus gegenüber. Und gleichzeitig gibt es eine Verbundenheit mit bestimmten Themen, Einstellungen, Gefühlen, der hebräischen Sprache, die mir ein Gefühl von Zuhause-Sein gibt – aber immer nur wie dem Dieb im Dunkeln, der sich an das Herdfeuer heranschleicht, aber dort keinen Platz hat.

Zurück zum Trickster, zum Zwitter: Die Wissenschaft sagt, dass das Erleben vieler Vaterjuden durch doppelte Ausgrenzung geprägt wird, dadurch, weder hier noch dort dazuzugehören. Wenn Identitäten durch Anerkennung konstituiert werden, so ist unsere immer brüchig, gefährdet. Irgendjemand kommt immer wieder daher und greift eine Person an, indem er sagt, sie sei »nichtjüdisch« – und ignoriert dabei die Bedeutung, die jüdische Eltern- oder Großelternteile für diese Person individuell haben mögen. Irgendjemand maßt sich immer an, uns nach der Halacha zu beurteilen, und diese Person muss keineswegs selbst tiefgläubig sein, sondern kann sich ohne Weiteres als säkularer Jude verstehen. Als jemand, der den göttlichen und damit absoluten Ursprung der Halacha eigentlich ablehnt. Aber die Tradition sitzt tief, und dass wir unseren jüdischen Vätern, Onkeln, Tanten, Cousins und Cousinen, Großeltern, Nichten und Neffen, Freundinnen und Freunden genauso verbunden sind, wie das jüdische Menschen sind, und sicherlich genauso verbunden sind, wie es Menschen mit einer jüdischen Mutter und einem nichtjüdischen Vater sind, das geht gern unter.

Unser Schmerz geht unter, der Schmerz des ausgegrenzten Kindes, des beiläufig ausgegrenzten Erwachsenen, der Person, die eigentlich nicht sein dürfte, deren Gefühle nicht sein dürften, die nicht passiert sein sollte, weil sie die Ordnung der Dinge infrage stellt. Die einfache Aufteilung in Innen und Außen, Gut und Böse, Täter und Opfer, Nachkommen von Tätern und Opfern. Wir sind die personifizierte Infragestellung, denn viele von uns sind Nachkommen von Tätern UND Opfern, von Mitläufern und Geflüchteten oder Überlebenden, von Mehrheit und Minderheit. Das eine löscht nicht das andere. Wir fühlen mit den einen und mit den anderen, leben in zwei oder mehr Gefühlswelten, leben aber auch damit, dass wir gleichzeitig potenziell als Minderheit verfolgt werden könnten (denn der Antisemitismus ist auch ein Rassismus und kümmert sich meist wenig um die Halacha), dass unsere Liebsten verfolgt werden könnten, wenn wir öffentlich über unsere Herkunft sprechen. Und doch kann uns unser Gefühl der Zugehörigkeit zur Minderheit jederzeit abgesprochen werden.

Und selbst akademisch gebildete, vermeintlich liberale und großzügige Menschen ignorieren unseren Schmerz. Das tut weh. Ihr müsst wegen uns die Halacha nicht ändern. Aber hört auf, uns zu ignorieren, so zu tun, als ob es uns nicht gibt oder jedenfalls nicht geben sollte, als ob wir erst zählen, wenn wir uns für die eine oder andere Seite entscheiden und uns zuordnen. Ihr wollt es nicht wahrhaben, aber wir sind die neue Normalität. Und zwar nicht nur als jüdische Trickster, sondern auch in ganz vielen anderen Konstellationen. Die Uneindeutigkeit ist gekommen, um zu bleiben, lebt damit.

Steffi erzählt

Seit mir bewusst geworden ist, dass ich neben den christlichen auch jüdische Anteile in mir trage, beschäftigt mich der jüdische Hintergrund in seiner Nach-Wirkung auf mich, auf meine Geschwister, die sich erst mit zunehmendem Alter mir gegenüber teilweise öffneten und auf meine Fragen einließen. Spät, zu spät für einige von ihnen, erkannte ich, wie schwer sie als in der Nazizeit Geborene traumatisiert waren, welchen belastenden und schrecklichen Kindheitserlebnissen sie ausgesetzt waren.

Für meine Ängste gab es in der Familie wenig Platz. Zwar erhielt ich auf meine hartnäckigen Fragen Antworten, die ich zum Zeitpunkt der Fragestellungen noch nicht zu hinterfragen verstand, zu denen ich mir erst später meinen eigenen Reim machte. Damals war ich drauf bedacht, nicht zu forsch oder zu drängend aufzutreten, ja es begleitete mich stets eine mir unerklärliche Scheu, zu genau nachzuforschen.

Und bei meinen Besuchen in den USA blieben wir meistens auf unverfänglichem Terrain. Als ob es eine unsichtbare Mauer gäbe zwischen den »Volljuden« und mir, der bis zum Ende der Schulzeit gläubigen Katholikin. So kam ich auch hier nicht weiter. Was ist jüdisch? Ist überhaupt etwas an mir jüdisch? Darf ich mich jüdisch fühlen? Oder ist das anmaßend, ungehörig, weil eben nicht dazugehörig? Bleibt mir nur die Rolle des Zaungastes, der Außenseiterin? Gleichzeitig meldet sich in mir immer wieder der Gedanke, dass ich das Testament des Vaters bin, nach Verfolgung und Heimkehr ein Bollwerk gegen das Vergessen, das ich bewahren muss.

Kirsten erzählt

Eine Verwandte, die nichts mit Religion am Hut hatte, sagte einmal, ich sei ja christlich erzogen worden, woraufhin ich entgegnete, das stimme nicht so ganz, da ich »humanistisch« erzogen wurde. Es wurde sehr abwertend von ihr gesagt und daher bin ich sofort auf Opposition gegangen – eine typische Art von mir. Mein Lieblingswort sei »Nein«, sagt mein Mann und er hat wohl Recht. Je nachdem, wer mein Gesprächspartner ist, wirke ich dadurch mal mehr rechts und mal mehr links, aber nur selten finde ich jemanden, mit dem ich in meiner Betrachtung übereinstimme.

Mein Neinsagen kommt sicherlich von meiner Mutter, wobei mein Vater kein Jasager, sondern eher ein Schweiger war. Ich sage immer, dass ich die perfekte Mischung meiner Eltern sei, was meinen Brüdern natürlich unrecht tut. Vom religiösen, d. h. christlich-jüdischen, Standpunkt her jedoch stimmt das.

Manchmal denke ich, das »Doppelt-Sein« stimmt, doch genauso oft finde ich mich darin nicht wieder. Sind unsere Eltern nicht eher zwei Seiten einer rotierenden Medaille? Ich sage hier absichtlich nicht Münze, weil ich die Eigenschaften meiner Eltern als Medaille sehe. Als etwas, auf das ich stolz sein kann, weil ich Gutes von beiden Seiten aufgenommen habe. Ich fühle mich eher als Rand dieser sich drehenden Medaille, der dafür sorgt, dass beide Seiten in Verbindung sind, damit beide in perfekter Harmonie miteinander tanzen.

Lange trennte ich den jüdischen Bereich ab, kapselte ihn ein, behielt ihn für mich. Es war mein privater Bereich und ich verschlang viele Bücher über das Thema, während ich äußerlich in der christlichen Gesellschaft funktionierte. Am Ende meines Studiums wählte ich als Thema meiner Abschlussarbeit dann aber wieder genau das Thema, das mich umtrieb »Jesus von Nazareth im christlich-jüdischen Gespräch« und erhielt ein befriedigend, was mich wiederum befriedigte. Es hätte nicht besser sein dürfen, denn dann hätte ich die jüdische Seite verraten. Wäre es noch schlechter gewesen, hätte ich vielleicht keinen Abschluss bekommen. Wieder einmal ein Grenzgang auf dem Medaillenrand, auf dem ich versuchte, die Medaille nicht auf die eine oder andere Seite fallen zu lassen. Zu der Zeit sagte ich das erste Mal laut, dass ich mir vorstellen könne, zum Judentum überzutreten. Bedauert, dass ich keine Jüdin war, hatte ich schon lange davor.

Name

What's in a name? Alles und nichts ist im Namen.

Mit meinem Nachnamen Heilbut konnte ich mich immer identifizieren. Mein Vater und mein toller Onkel Peter hatten ihn – von ihnen kam er zu mir. Eine gute Verbindung, ein gutes Erbe. Aber mein Vorname? Yak. Kirsten, wie hart und kalt.

Mit dem Giur – dem Übertritt zum Judentum – entschied ich mich, Abigail als meinen jüdischen Vornamen anzunehmen. Drei Gründe gab es dafür: Abigail, heißt aus dem Hebräischen übersetzt »Freude des Vaters«, passender geht es nicht, denn mein Vater stand voll und ganz hinter meiner Entscheidung überzutreten. Ja, er freute sich darüber. In der Thora wird Abigail als eine kluge und mutige Frau beschrieben, die ihren eigenen Weg ging, sich von ihrem Mann emanzipierte und eigene Entscheidungen traf. Sich von keinem vorschreiben lassen, was man wie zu tun hat – so wollte ich sein. Und der dritte Grund war, dass es ein englischer Name war, ein Name, den ich seit Ewigkeiten kannte und der eine Verbindung zum geliebten England war. Ein Land, in dem ich viel lieber aufgewachsen wäre als in Deutschland.

Doch behielt ich meinen sehr christlich klingenden Namen Kirsten als offiziellen Rufnamen. Kirsten empfand ich inzwischen als frisch, norddeutsch und direkt. Das war ich auch. Des Weiteren hatte ich meinen jüdischen Hintergrund lange abgekapselt und nun wollte ich das mit meinem christlichen Hintergrund nicht wieder tun – ich wollte meine christlich-jüdische Geschichte nicht verstecken, auch wenn es mir die Integration in die jüdische Gemeinde erleichtert hätte.

Hebräisch – verschiedene Anläufe

Was für öde 45 Minuten Physikunterricht liegen da vor mir … gähn … Jedoch – es kommt anders: Es klopft, die Schulsekretärin kommt herein und bittet um Aufmerksamkeit. Meine Schule bietet, das erste Mal überhaupt, in Kooperation mit drei anderen Gymnasien der Stadt, ab nächstem Schuljahr, also ab der Oberstufe, Hebräischunterricht an. Ob jemand Interesse hätte, fragt sie. Mein Blutdruck springt auf 180 und schon ist meine Hand oben. Ich bin die Einzige, die sich meldet, aber das wundert mich nicht. Den Rest der Stunde kann mich der Lehrer vergessen. Ich denke über Schicksal, Gott und den Einfluss der Toten auf das Leben der Lebenden nach. Ist es Zufall, dass das gerade mir hier passiert? Nein. In dem Moment weiß ich, dass mein toter Großvater Kurt da seine Hände im Spiel hat.

In dieser »split second« ist mir klar, dass diese Handbewegung mein Leben verändern würde.

Hebräisch wird mein drittes Abiturfach und ich bekomme eine 1 minus, meine beste Note im Abitur.

Mit meinem Studium von Englisch und evangelischer Religionslehre für das Lehramt in Haupt- und Realschule versuchte ich wohl wieder beide Seiten in mir miteinander zu kombinieren. Ehrlich gesagt waren die Semester ein innerliches Hin und Her, da ich mit dem Studium nicht glücklich war, aber ich hatte keine anderen Ideen.

Nach dem ersten Staatsexamen frischte ich mein Hebräisch auf, sattelte auf Judaistik um, brach nach zwei Semestern ab, um dann doch mein zweites Staatsexamen anzugehen. Das Referendariat habe ich aber nicht beendet. Neun Monate habe ich durchgehalten, dann konnte ich das Jüdischsein nicht weiter abkapseln. Es musste doch andere Möglichkeiten geben. Die Zeit war günstig, denn es wurden diverse IT-Umschulungen (damals EDV-Umschulungen) angeboten. Ich ergriff die Chance und machte eine Umschulung. Dadurch hörten die inneren Diskussionen auf und ich war so gelöst, endlich die Entscheidung treffen zu können, zum Judentum überzutreten. Ich wollte endlich Stellung beziehen.

Ulpan Akiva, Netanya, 1991. Mein dritter Hebräisch-Anlauf. Es waren nur zwei Monate, aber eine schöne Zeit. Dort fühlte ich mich angenommen, unter Engländern, Niederländern, Schweden, Franzosen und Amerikanern. Leuten, die Hebräisch lernen wollten und sich aufgemacht hatten, das in die Tat umzusetzen. Dort traf ich die Entscheidung, nach Israel auszuwandern und den Giur dort zu beenden. Ich hatte schon zwei Jahre in Hamburg Unterricht in der Synagoge, aber die Sache ging nicht voran und mein innerer Druck war groß. Ich wollte endlich klar Schiff machen. Endlich sagen können: »Ani Jehudiah.« (»Ich bin Jüdin.«)

Zurück in Deutschland blieben die Jüdische Volkshochschule, alte Unterrichtsbücher, neue Bücher, Radio 100FM, 109FM, Selbststudium und die Internetplattform Italki. Was mag da noch kommen?

Nationalhymnen und Fahnen

Bei gut integrierten deutschen Juden habe ich schon manchmal die Frage gestellt, ob sie denn auch die deutsche Nationalhymne mitsängen. Dann bekomme ich oft ein betretenes Schweigen zu hören. Ich kann das nicht. Ich will das auch gar nicht. Ich glaube, dass es eine absolut falsche Entscheidung war, die Nationalhymne nach dem Zweiten Weltkrieg abzuwandeln und wiederzuverwerten, obwohl ich ansonsten sehr für das Recyceln bin. Für mich ist dieses Lied ein Graus.

Die israelische Hymne kann ich aber auch nicht mitsingen – ich fände es nicht passend, weil ich hier lebe und nicht dort. Am ehesten kann ich die englische Hymne mitsingen, denn ich besitze den deutschen und den englischen Pass.

Brauchen wir eine Nationalhymne? O. K., für Fußballspiele und Olympia. Für Staatsbesuche könnte man doch »Ein bisschen Frieden« spielen, oder?

Und dann ist da noch die deutsche Fahne – ich kann sie nicht als meine sehen. Ich habe eigentlich Schwierigkeiten mit allen Fahnen. Bei Bildern von Demonstrationen, auf denen man die israelische Fahne verbrennt, läuft es mir kalt den Rücken runter.

Israel

Keine Frage. Eine Demokratie im Nahen Osten. Ein bisschen Zuhause.

Jemand bezweifelt das Existenzrecht? Da kann ich leider nicht viel diskutieren – da kommt es bei mir zur Explosion. Die Regierung Israels kritisieren: Ja, natürlich, aber maßvoll. Diesbezüglich bin ich auch mit vielem nicht d'accord, aber das sind auch viele Israelis nicht.

Ebenso bin ich nicht mit allen Entscheidungen in England einverstanden – nehmen wir nur den Brexit. Und mit deutschen Regierungsentscheidungen? Natürlich nicht, deshalb gehe ich ja auch wählen. Ich versuche mich gerade selbst davon zu überzeugen, wieder Mitglied einer Partei zu werden, denn ich kann nicht über Politik motzen und dann selbst nicht einsteigen und mitgestalten. Aber Parteien sind sehr cliquenmäßig und bei Vereinsmeierei habe ich meine Vorbehalte …

Aber warum ist Israels Politik so viel öfter Thema in Diskussionen als zum Beispiel die Frauenpolitik mancher arabischer Staaten oder die Femizide in Mexiko? Es gibt in Deutschland viel mehr Frauen als Juden oder Israelis … Und auf der Welt sowieso …

Die jüdischen Gemeinden

Ja, ich bin »zahlendes Gemeindemitglied« lautet meist meine Antwort auf die Frage, ob ich Mitglied einer Gemeinde sei. Nach einigen Versuchen, im orthodoxen und dann im liberalen Teil Fuß zu fassen, beschränke ich mich inzwischen auf Kurzbesuche der kulturellen Veranstaltungen.

Shabbat, Feiertage und Gebote halte ich »abgewandelt traditionell«, also auf meine Weise. Ich weiß, dass Jüdischsein eng mit Gemeinde und Gemeinschaft zusammengeht, aber das fühle ich hier nicht. Am ehesten fühle ich Gemeinschaft noch in Englisch sprechenden Gemeinden – seien sie reformiert, konservativ oder Reconstructionist-Gemeinden.

Hier in Deutschland mag ich die Blicke in den Gemeinden nicht. Die Blicke und die Einstufungen: Oh, sie heißt Kirsten – nicht Ludmilla. Oh, da ist sie wohl übergetreten. Oh, keiner kennt sie. Oh, Heilbut, hast du einen Juden geheiratet? Und dann musste ich mir doch wirklich einmal anhören: Oh, dein Vater ist gar kein »echter Jude«. Diese herablassende Abstufung erinnert mich an die Nürnberger Gesetze und die Einteilung in »Halb- und Vierteljuden«. Eyeyey. Das brauche ich mit fast 60 Jahren nicht mehr.

Austreten aus der Gemeinde würde ich aber nie, denn obwohl ich die Cliquen in den Gemeinden nicht mag oder brauche, gibt es eben Gemeindemitglieder, die Gemeinschaft oder Hilfe brauchen und das unterstütze ich, weil es wichtig ist.

Ein religiöses Zuhause habe ich in der Limmud-Bewegung gefunden. Vor 16 Jahren war ich in England auf einer »Limmud Conference« und habe gemerkt, dass es anders gehen kann. Dort ist man offener – alle wollen etwas lernen und den Horizont erweitern. Das ist für mich typisch jüdisch. Zum Glück gibt es die Bewegung inzwischen auch hier in Deutschland.

Wilma erzählt

Identität

Wenn man mich fragt, mit was ich mich eigentlich identifizieren würde, dann kann ich es nicht beantworten. Oder soll ich sagen: mit mir selbst? »Fühlst du dich denn als Deutsche?« »Nein, eher als Weltbürgerin«, so wäre meine Antwort. »Es ist doch ein Zufall, wohinein ich geboren wurde, in welche Familie, an welchem Ort, zu welcher Zeit«.

Man kann sich für eine Sache sehr interessieren, aber man muss sich doch nicht mit ihr identifizieren, oder? Ich sehe darin eigentlich zwei Gefahren: einmal, nicht mehr frei denken zu können, wenn man sich aus Angst vor Alleinsein, Ausgeschlossensein eine Identität überstülpen lässt – oder die der Allgemeinheit oder der jeweils größeren Masse freiwillig oder auch unbedacht annimmt. Eignet man sich dann nicht die Meinungen der – meist größeren – Gruppe an, inklusive aller Vorlieben und Abneigungen bis hin zu Feindbildern? Wo bleibt da die Toleranz? Diese halte ich für absolut wichtig und nötig für unser Zusammenleben. Und, zweitens, eine zu starke Identifizierung mit einer religiösen, ideologischen oder anderen Idee oder Gruppe macht zwar stolz – aber nicht frei. Sich frei zu fühlen, geht aber eigentlich nur, wenn man mit sich selbst übereinstimmt, was Identität im engeren Sinne ja heißt: »ganz übereinstimmend.«

Das heißt aber, dass man auch gerade dann, wenn man herkunftsmäßig »gespalten« ist und in seiner Brust zwei Seiten fühlt, religiös, landsmännisch, sprachlich usw., und fast immer in der Minderheit ist, nicht unbedingt auf »Identitätssuche« gehen sollte. Warum nicht diese »doppelte« Herkunft und damit das »Anderssein« als seine eigene Identität ansehen und vor allem, dies *nicht* als Makel empfinden, sondern eher als Vorteil?

Esther erzählt

Schuhe mit unterschiedlich hohen Absätzen

Gehen, rennen, hüpfen, springen, davonlaufen – in bequemen flachen Schuhen ist das kein Problem. Es soll Frauen geben, die das sogar auf hohen Hacken können. Aber wie fühlt es sich an, in Schuhen mit unterschiedlich hohen Absätzen unterwegs zu sein? Es kann eine interessante Erfahrung sein, eine schmerzhafte ist es allemal.

Was haben aber diese Schuhe mit den patrilinearen Juden und mit mir zu tun?

Nun, mit einem polnisch-jüdischen Vater und einer katholisch-bayerischen Mutter war und bin ich schon mein ganzes Leben in solchen Schuhen unterwegs.

Mit drei Jahren kam ich in den jüdischen Kindergarten in Frankfurt. Ich fand es schön dort. Bis zu dem Tag, an dem eines der Kinder seinen Geburtstag feierte und selbst an alle Kinder Geschenke verteilte – eine Puppe für die Mädchen und ein Spielzeugschiff für die Buben. Jedes Mal, wenn eine der »Tanten« mit den Puppen an mir vorbeiging, ohne mir eine zu geben, dachte ich: »Die wissen bestimmt, dass ich nicht so gern mit Puppen spiele …«. Aber auch ein Spielzeugschiff bekam ich nicht. Am Ende saß ich, zusammen mit meinem ebenfalls nicht ganz »koscheren« Kindergartenfreund Noyekh, mit leeren Händen da. Und leise stieg in mir, der Fünfjährigen, eine Ahnung auf, dass ich wegen der goyischen Mutter nicht so ganz dazugehörte.

Einige Jahre später – jüdischer Religionsunterricht bei Herrn S., zweimal wöchentlich zweistündige Langeweile. Herrn S. war es am wichtigsten, dass wir die uns unverständlichen, da hebräischen Gebete schnell und möglichst fehlerfrei »herunterratterten«. Und das konnte ich, oho, besser als alle anderen »echt« jüdischen Kinder in dieser Gruppe. Eines Tages kam Rabbiner Sz. um zu sehen, was die Kinder denn schon konnten. Ich glänzte mit meiner Gebetsdarbietung und der Herr Rabbiner fragte mich, wer denn meine Eltern seien. Bevor ich antworten konnte, winkte der Lehrer Herrn Sz. zu sich, flüsterte ihm etwas zu, und nun sah der Herr Rabbiner erstaunt zu mir hin. Heute bin ich mir sicher, dass man ihm gesagt hatte, dass das Kind keine jüdische Mutter hatte.

Ungern besuchte ich in meiner Schulzeit die nichtjüdischen Mädchen aus meiner Klasse zu Hause. Nicht, weil ich mich vor antisemitischen Bemerkungen fürchtete. Eher hatte ich Angst vor Situationen, die man heute mit dem Begriff »Fremdschämen« charakterisiert. So etwa, als die beste Freundin Gabi (ach, warum konnte ich nicht Gabi heißen, Esther war doch irgendwie komisch …) im breitesten Frankfurterisch mich wissen ließ: »Mein Babba hat gesacht, die Judde habbe gar kein Gott, die dun als zu Götze bete.« Angesichts solch unbeschreiblicher Dummheit behalf ich mir mit »typisch jüdischer« Arroganz: »Gabi, du bist doof, du schreibst ja auch im Diktat immer nur eine 3 oder 4, ich bekomme immer eine 1.«

Noch viele solcher Momente gab es in meinem Frankfurter jüdischen Leben – der jüdische Schuh war unbequem, zumal ich für die Nichtjuden immer das »Juddemädsche« war, dessen Vater schlechtes Deutsch sprach und aussah, wie sich der gewöhnliche Antisemit Juden vorstellt. Und der andere Schuh, der katholisch-bayerische? Der war allemal bequemer. Die blonde, blauäugige Mutter hatte 1945, bei Ankunft der amerikanischen Soldaten, das Dorf verlassen und lebte fortan in einer jüdischen Umgebung. Zunächst als eine Art Dienstmädchen in verschiedenen DP-Lagern, bis sie dann meinen Vater, den Auschwitz- und Dachau-Überlebenden, heiratete. Erst nach meiner Geburt nahm sie wieder Kontakt zu ihrer kleinbäuerlichen Familie auf. Und ich – ich wurde das Lieblingsenkelkind der streng katholischen Oma und von den ebenso katholischen Tanten mehr verwöhnt als deren eigene Kinder. Die Sommer auf dem Land, in einem 250-Seelen-Dorf, waren paradiesisch, mit Cousins und Cousinen trieb ich mich im Stall, im Heustadel, auf dem Feld und im Wald herum. Weit weg war der hochgradig depressive, stets suizidgefährdete Vater, der gedanklich und emotional im KZ geblieben war. Dennoch war mir immer bewusst, dass ich auch in die »jiddische Gass« gehörte und letztendlich schien mir ein Judaistik-Studium die beste Möglichkeit, dem Judentum so nah wie möglich zu sein. Den Wunsch meines Vaters, zum Judentum überzutreten und nach Israel auszuwandern, habe ich nicht erfüllen können und wollen. Inzwischen führe ich ein Leben nach Johannes 14,2: »In meines Vaters Hause sind viele Wohnungen.« Ich habe mich in einer Zweizimmerwohnung eingerichtet – einer jüdisch-polnischen und katholisch-bayerischen. Und die Schuhe mit den unterschiedlich hohen Absätzen? Nun, ich lernte, darin zu gehen, rennen, hüpfen, springen, wenngleich es bisweilen immer noch anstrengend und schmerzhaft ist. Und ich hoffe, dass ich darin niemals fliehen muss …

Ruth Zeifert

Regula Weil

Ionka Senger

Zwischenspiel 1
Gedicht von Max Czollek

nachdenken über schultheiß

auf den schildern männer die
halten ihre krüge in der faust
dein sohn in der kneipe trinkt
ihnen zu / die eingangstür eine
nadelgrüne wand die grenze zur
schonung draußen wachsen hörbar
bäume / der sohn sitzt hinter
dem tresen und ist allein mit den
männern ruft zur runde vor der
nächsten / gib ihm einen namen
nenn ihn ruben oder maximilian

/ die tür

eine senkrechte grasnarbe
du willst das kind zerteilen auf
wen geht die nächste / dein sohn
trägt ein geweih hinter dem kopf
redet von grenzen für die du
keine namen hast / es liegen
nadeln in der luft und vielleicht
ist es woanders gut oder hier /
denkst es müsste abfallen
trätest aus dem wald heraus

Max Czollek: Druckkammern,
Verlagshaus Berlin, 3. Auflage 2016

Die Väter

Ruth erzählt

»*LeBen Gurion jesch Cadillac* und wir haben keinen«, singt mein Vater immer mal zwischendurch. Er singt überhaupt gern. Möglicherweise, weil er als kleiner Junge von seiner Mutter in eine Jeshiwa gezwungen wurde, und da wird viel gesungen. Er sollte Rabbiner werden. Das war der Plan meiner Großmutter. Für ihr Leben hatte sie wahrscheinlich andere Pläne. Golda, 1901 in einer polnischen Kleinstadt unweit Danzig geboren, ging als Hausmädchen nach Danzig. Der junge Schuster, Benjamin, kam aus der Nähe von Budapest nach Danzig, wo er ebendiese Golde kennenlernte. Die kleine Luise bekommen sie 1932. Benno wird gewarnt und beschließt, dass sie nach Palästina gehen. 1934 emigrieren sie in einer langen Reise, über die mir meine Großmutter berichtete: dass sie zu Fuß, ein wenig mit dem Zug, wieder und wieder zu Fuß und mit dem Schiff unterwegs waren. Ob das alles genau so war, weiß ich nicht. Aber das ist, wie ich es mir behalten habe.

Ich lerne die Familie meines Vaters, meine Familie, als israelische Familie kennen: Wie so viele Immigranten verändern sie ihre Namen von jiddischen in hebräische. Aus Golda war Zahava, was »Gold« auf Hebräisch bedeutet, aus Benjamin Benno und aus Luise Lea geworden. Mein Vater wird in Tel Aviv geboren und erhält gleich einen Namen, der zum Judentum und zum werdenden Israel passt: David. Natürlich sprechen sie nicht nur Hebräisch, sondern auch Polnisch, Ungarisch, Russisch, Jiddisch und eben auch Deutsch. Mein Vater kann auf den meisten dieser Sprachen fluchen – und ein wenig mehr. Richtig Deutsch lernt er erst, als er Ende der 1950er-Jahre nach Deutschland kommt und bleibt.

Nach dem israelischen Militärdienst gehen viele der israelischen Soldaten auf Reisen. So auch mein Vater. Er arbeitet im Anschluss an die Armee acht Monate in der Negev, in den King Salomon Mines. Als schließlich das Geld für eine Europareise ausreicht, zieht er los. In Deutschland lernt er seine Frau, meine Mutter, kennen.

Zunächst ist mein Vater aber ein Sabre, ein Tel Aviver Bub. Das Wunder seines Überlebens geschieht im entstehenden Staat Israel. Natürlich gefährlich, aber in erster Linie sei es aufregend gewesen für den kleinen, frechen David. Es ist das Leben auf der Straße, mit einem kleinen Hund, auf einem Fahrrad. Zwischen Staub und Aufbau. Sie leben zu viert in einem Zimmer ohne Fußboden. Golde springt schon mal auf den Tisch, wenn Mäuse herumlaufen, und kreischt. Mein Vater beschreibt sie als böse Frau. Ich liebe die Geschichten. Sie sind in Schwarz-Weiß, weil die Fotos es sind: meine Großeltern flanierend mit Hut – weichgezeichnet –, mein Vater als circa zweijähriger Bub in Lederhose, ein ankommendes Flüchtlingsschiff am Strand von Jaffa, die Bar Mitzwa meines Vaters, meine blutjunge, schöne Tante als Soldatin.

Die arabischen Jungen ein paar Häuser weiter singen im Sprechgesang hinter den jüdischen Jungs der Straße her: »Tot den Juden.« Das war halt so, am Tel Aviver Stadtrand hinter der Hashmonaim-Straße. Und der Großvater wurde mit einem tollen Wagen abgeholt, um sich im Untergrund am Aufbau des Landes zu beteiligen. Den Cadillac, so sangen die Kinder damals, aber hatte nur Ben Gurion.

Nach der Bar Mitzwa war man kein Kind mehr. Ein Freund der Familie gab meinem Vater zu dieser Zeit die Chance, in einem Kibbuz zu leben und zu arbeiten. Einem Kibbuz nahe dem Gazastreifen. Für mich klingt es wie ein Abenteuer. Sie bauten das Land auf und versorgten die Bewohner. Er berichtet über Kameradschaft, Landwirtschaft und Lagerfeuer. Die Fahrten auf dem Traktor beispielsweise, auf dem ein Fass Zitronenlimonade steht. Aus einer Kelle bekommen die Feldarbeiter die Limonade, wenn sie durstig sind. Eine gute Erinnerung. Mit Benzin habe man sich eingerieben, gegen Insekten. Aber auch Geschichten über den Konflikt mit den arabischen Nachbarn. Wie man nachts die Bewässerungsrohre vor Diebstahl durch Palästinenser schützen musste beispielsweise. Bei alledem diese Hitze.

Während meiner letzten Israelreise frage ich mich bei einem Spaziergang durch einen Kibbuz, wie man in dieser schier unerträglichen Hitze mehr machen kann, als zum Supermarkt zu schlurfen, um Eis zu holen. Die Geschichten bringen mich heute insgesamt oft zum Schmunzeln. Etwa, wenn ich die aktuellen Sonnenschutzcremes für Kinder (Faktor 50, Vollblocker, Bio) mit dem Sonnenschutz des israelischen Feldarbeiters der 1950er-Jahre vergleiche (Benzin). So ungesund, wie das gewesen sein muss, ist mein Vater bis heute unverwüstlich. Möglicherweise liegt das am Kibbuz-Frühstück, dessen Abwandlung bis heute zelebriert wird: unten Brot, dann »was so da is« und dann mindestens mal eine dicke Lage Gurken, Zwiebel und eine weitere Lage Tomaten. Die Gebilde sind ähnlich selbst gemachten Hamburgern hoch. Meine sechsjährige Tochter isst heute auch schon gern Brote »wie die vom Opa«. Hoffentlich bleibt meine kleine Golde ihr Leben lang genauso gesund, den Benzinabrieb erspare ich ihr aber.

Nach dem Kibbuz begann die Militärzeit. Geschichten davon lasse ich mir immer als Ablenkung bei zahnärztlichen Behandlungen erzählen. Sie sind nicht nur schön. Für meinen Vater nicht, für andere Beteiligte auch nicht. Kein Kind aus meiner Klasse hatte einen Vater, der als Scharfschütze die Altstadt von Jerusalem vom Mandelbaumtor aus beschützte. Ich habe von Begegnungen mit Ariel Sharon und Moshe Dayan gehört und schließlich Erzählungen aus dem Krieg um den Sinai 1956. Mein Vater war Fallschirmjäger. Er konnte nicht schwimmen und war dennoch ein Teil dieser Eliteeinheit. Er war ein echter Mensch, kein James Bond. Nächtelang fuhr er einen Lastwagen. Bei unseren zahlreichen Familienurlauben hörte mein Vater immer, wenn was am Motor nicht stimmte oder auch nur ein Schlitz eines Fensters geöffnet war. Man kann ihn auch mit 84 immer noch zu jeder Uhrzeit wecken. Denn all dies war überlebensnotwendig und damit für das Leben gelernt. Saß ich später nachts zu unmöglichsten Zeiten am Bett meines schreienden Babys, hätte ich auf einem Bein die Carmina Burana rückwärts gesungen, um sie zum Einschlafen zu bringen, aber ich erinnerte mich auch an diese Geschichten und da konnte ich nicht jammern. Was war dagegen schon das nächtliche Schunkeln eines gesunden Babys in einer warmen und sicheren Wohnung? Und so wussten meine Kinder, geboren

2009 und 2011, gewissermaßen mit wenigen Tagen bereits um ein paar Kriegsgeschichten des jungen Israel. Nicht wörtlich, aber implizit habe ich sie doch unmittelbar weitergegeben. Heute erklären sie anderen Kindern, warum man die Hand beim Autofahren nicht raushält: Der Opa hat mit eigenen Augen gesehen, wie einmal einem die Hand vom entgegenkommenden Militärlaster abgefahren wurde.

Die Geschichten aus dem Orient sind für mich also ein Teil des Wunders. Eine Familie, die nichts mehr besaß, kein Eigentum, keine Familie, in einem fremden Land. Ein Kind inmitten der Zeit des Holocaust, feindlicher Nachbarstaaten und schließlich dem Krieg, der zur Staatsgründung Israels führte. Eine Jugend als Kibbuz-Arbeiter nahe dem brodelnden Gazastreifen und dann selbst Soldat bei der Befreiung des Suezkanals. Mein Vater ist aus diesem Leben mit Humor und geistiger Gesundheit nach Deutschland gekommen. Er fand meine Mutter und gründete mit ihr eine Familie, fernab der israelischen Gefahren. Dass es ausgerechnet Deutschland war, war ein Zufall. Für Israel eine normale Lebensgeschichte dieser Zeit. Als deutsches Kind der 1970er-Jahre eine absolute Ausnahme unter Kindern, die meist von Eltern der Nachkriegsgenerationen im ruhigen, boomenden Deutschland großgezogen wurden.

Das Deutschland nach dem Nationalsozialismus war judenfeindlich. Er hat das schon wahrgenommen. Aber es sind nur wenige Anekdoten, die er mit uns teilte. Die eine rankt sich um den Flugschein, den er sich als junger Mann in den 1960ern vom spärlichen Gehalt abgespart hatte. Es begann schon mit der Fahrt. Zu dem Flugplatz hätte er gut mit einem Bekannten in dessen Auto fahren können. Dieser aber wollte meinen Vater nicht mitnehmen, wohl weil er Jude war. Das bedeute, dass der nichtjüdische Deutsche zwei Mal täglich mit dem Auto, der nichtdeutsche Jude exakt denselben Weg zur exakt selben Zeit mit dem Fahrrad zurücklegte. 20 Kilometer einfache Strecke. Im Vereinshaus dann sagte ein Fluglehrer ihm beim geselligen Beisammensein einmal, dass man Leute wie ihn »früher« vergast hätte. Schließlich fragte noch der Prüfer, woher mein Vater eigentlich käme, man höre, er spräche nicht muttersprachlich Deutsch. Er versicherte meinem Vater daraufhin, dass er ihn den Flugschein nie hätte bestehen lassen, wenn er gewusst hätte, dass er Jude sei.

Häufiger wird mein Vater so etwas erlebt haben. Sogar seine Schwiegereltern sagten zunächst »Bring mir den Jud net ins Haus« und nachdem meine Eltern schon über 20 Jahre Teil einer Siedlung waren, wähnte man ob der samstäglichen Stille im Haus, dass »der Jud den Schabbat« halte. Dabei schlief er einfach nur gern. Wenn ich frage, warum er denn überhaupt nach Deutschland gegangen ist, antwortet er, dass sein Vater ihm mit einem Zwinkern nur mit auf den Weg gegeben habe, um Himmels willen auf keinen Fall eine Polin zu heiraten, wie er, der Vater, es getan hatte. Und tatsächlich erlebe ich, dass ihm die meisten in Deutschland mit Neugier, Respekt und vielleicht gar Bewunderung gegenübertreten.

Was danach geschah ist Erziehung. Mein Vater ist ein Deutscher – ein wenig mit »anderem« Hintergrund. Antisemitismus oder Rassismus wurden bei uns kaum thematisiert. Es wurde generell wenig Aufhebens um Verfehlungen anderer gemacht. Man war Teil dieser Gesellschaft, in der man sich mit manchen Menschen versteht, mit anderen nicht.

Dass aus der jüdischen und der persönlichen Geschichte dieser starke Charakter herauskommen konnte, bleibt der zweite Teil meines Wunders – und mein Glück. Als Familie profitieren wir nicht nur von den Erzählungen, sondern von seinem etwas anderen Wissen und seinen Erfahrungen. Gleichgültig, ob er uns mit einer zerstörten Windschutzscheibe auf einem australischen Schotterweg knapp 1000 km bis zur Werkstatt fuhr (Anfang der 1980er) oder ob er Krisen mit Humor, Herz und Verstand bis heute als engster Vertrauter löst: Mich hätte es nicht besser treffen können.

Regula erzählt

Der Vater

Mein Vater liebte seinen Vater sehr. Dieser war früh gestorben und mein Vater vermisste ihn. Die Jahrzeit, das Gebet für den Verstorbenen in der Synagoge, war jedes Mal ein wichtiges Ereignis für ihn. Ich glaube, wegen meines Großvaters hat sich mein Vater immer sehr jüdisch gefühlt, obwohl er gar nicht fromm war, auch der Großvater nicht. Moritz, mein Großvater, kam aus einer kinderreichen

Familie, die aus dem Elsass eingewandert war. Er war also auch Franzose. Sie waren so arm, dass sie sich gegenseitig aufs Brot gespuckt haben, damit es ihnen nicht von einem hungrigen Geschwister weggegessen wurde. Diese Armut hat sich fortgesetzt, bis er selbst eine Familie hatte und ein Geschäft gründen konnte. Seine Frau war wohlhabend und hat ihm dies ermöglicht. Ihr Bruder war Afrikareisender, hatte als Architekt von dort etwas Vermögen mit nach Hause gebracht und deshalb konnte das Haus an der Moserstraße in Bern gekauft werden und die Drogerie gegründet werden. Die Sparsamkeit, die auch mit den erlebten Kriegsjahren, mit den Lebensmittelrationierungen und der Anbauschlacht zusammenhängt, hat meinen Vater nie verlassen. Jeder Zeitungsrand wurde noch verwendet für Notizen und weggeschmissen wurde nichts. Wer weiß, es könnte ja noch irgendwann gebraucht werden. »Nid la kaputt ga« – also nichts verderben, nichts kaputtgehen lassen – war das geflügelte Wort in unserer Familie.

Und: Nur keine »Risches« machen, nicht auffallen, es könnte gefährlich werden. Das hat mir mein jüdischer Vater beigebracht. Das wurde ihm während des Krieges eingeimpft. Die Deutschen könnten kommen – und dann? Wohin? Sich verstecken in den Bergen? Eine Bauernfamilie war avisiert und bereit dazu, sie aufzunehmen, falls es dazu kommen sollte.

Für uns Kinder war diese vorsichtige Haltung schwer verständlich. Es gab ja keine Bedrohung. Und die nichtjüdische, sozialistisch geprägte Mutter sagte ganz was anderes: sich zur Wehr setzen, sich nichts gefallen lassen. Was sollte nun gelten?

Aber beide Eltern wollten, dass wir jüdisch erzogen wurden, dafür gab es den Religionsunterricht in der Gemeinde, denn ihre Kenntnisse eines jüdischen Alltags waren bescheiden. Ich ging also brav jeden Montagabend in den Cheder, die jüdische Religionsschule, so wie es meine Eltern angeordnet und durchgesetzt hatten. Neun Jahre lang. Wir drei nichtjüdischen Kinder wurden vom damaligen Rabbiner aufgenommen. Ich machte auch mit in der Jugendgruppe, nahm an Machanot teil und mein Vater war im jüdischen Turnverein, bei Bikur Cholim und auch sonst ein aktives Gemeindemitglied. Das Keren-Hayesod-Kässeli auf dem Büchergestell wurde von ihm regelmäßig gefüttert und geleert und gespendet, meistens in unserem

Namen. Jeden jüdischen Feiertag wurde dort etwas hineingelegt und er sagte, das sei für uns und von uns, aber uns Kindern war nicht klar, weshalb und wohin unser Geld verschwand.

Ich lernte, Hebräisch zu lesen und zu schreiben, aber nicht zu verstehen. Es ging ums Runterbeten, nicht um den Inhalt. Das Tischgebet wurde mit der Stoppuhr geübt. Das tat nicht der Rabbiner mit uns, das war ein interessanter Lehrer, sondern sein Gehilfe, ein sehr alter Jude alter Schule. Ich machte mit, ich war fleißig. Aber wozu? Wir lasen zu Hause keine Gebete, und in die Synagoge gingen wir nur an den hohen Feiertagen. An Jom Kippur war es besonders langweilig, So ein langer Tag mit Gebeten und das Fasten wollte nie aufhören. Die Mutter machte an diesem Abend immer Sardellenbutter und Apfelkuchen zum Anbeißen nach dem Fasten. Woher kannte sie diesen Brauch? Die Familie meines Vaters fastete ja nicht. Nur er und wir. Mein Vater betete in der Synagoge. Er konnte auch Hebräisch lesen und nicht verstehen. Und er kannte alle jiddischen Ausdrücke, die er von Moritz übernommen hatte.

Ich durfte trotz der neun Jahre Religionsunterricht keine Bat Mizwa machen, mein Bruder auch keine Bar Mizwa, obwohl er doch Brit Milah gehabt hat, also beschnitten worden war. Das schmerzte mich und das schmerzte meinen Vater. Aber wir wussten es. Wir gehörten dazu und doch nicht. Wie gern hätte ich diese Chulzah, diese Uniform gehabt, die alle in der jüdischen Jugendgruppe hatten. Ich bekam keine. Weshalb? Ich wusste es nicht. Das Tischgebet konnte ich doch am schnellsten lesen.

Mein junger Vater war Fußballspieler. Er spielte gut, er wurde berühmt. Aber keine Risches machen! Die Zürcher Grasshoppers nahmen damals keine Juden auf. Er spielte jedoch bei den Young Boys, das sind Berner. Zur Vorbereitung auf einen Match machte er manchmal einen Kopfstand, Yoga. Seine Mitspieler sagten: Er betet. Juden beten so.

Er spielte auch bei Lugano, Fribourg und Leicester. Noch im hohen Alter kam er deswegen zu Würde und Ehre und wurde vom Schweizer TV interviewt. Das gefiel ihm. Auch die Kameradschaft mit seinen Fußballern pflegte er bis ins hohe Alter. Da spielte es keine Rolle, dass er jüdisch war. Er sollte Tore schießen, auffallen durfte, ja musste er hier. Seine ganze Kraft legte er in seinen Sport.

Dabei war er auch sensibel, musikalisch und belesen und klug. Fußballspielen ermöglichte ihm aber, zu gewinnen, sich nicht zu verstecken, aufzufallen. Trotzdem durfte er seine erste geliebte Freundin nicht heiraten, denn deren Familie wollte keinen Juden. Da half es auch nicht, ein Fußballstar zu sein. Nur meine Mutter wollte ihn, denn sie kommt aus einem sozialistischen Haus und dort sind Juden nicht so schlimm.

Mein Vater ist gestorben

Vor einem Monat ist mein jüdischer Vater gestorben. Vaterjüdin zu sein, wurde auf einmal, auf einen Schlag sozusagen, bedeutsam.

Die Lewaja, das Begräbnis, musste so schnell wie möglich stattfinden, es war ja eine jüdische Erdbestattung. Innerhalb von zwei Tagen hatten mein Bruder, meine Schwester und ich alles zu organisieren. Jetzt waren wir ganze Juden, keine halben mehr.

Als mein Vater im Sterben lag, informierte ich den Rabbiner, der sofort gekommen ist. Er hat mit dem Vater das »Schma Israel« gebetet, inbrünstig habe es mein Vater getan, zum letzten Mal, so erzählte mir der Rabbiner.

Ich war lange Stunden zusammen mit meinem Vater, am Sterbebett. Auch ich habe das »Schma Israel« gebetet und auch anderes. Ich las die heiligen jüdischen Texte, das hat mir geholfen. Das Sterben ist für alle gleich, aber mein Vater hat es jüdisch getan.

Ich war froh um die jüdische Gemeinde, die uns viel Arbeit abgenommen hat. Die Beerdigung wurde organisiert, der Rabbiner war für uns da, die 10 Männer für den Minjan sind gekommen und auch die anderen. Alle waren da. Die Frage, wer das Kaddisch spricht, tauchte natürlich auf. Mein Bruder konnte und wollte nicht, ich als halbe Jüdin und Frau wollte auch nicht gerade einen neuen Brauch einführen und so hat es der alte Kantor, ein Freund der Familie, für uns getan. Wie wohltuend, einfach und reglementiert diese Bestattung war! Ich war Jüdin in diesem Moment. Ganze Jüdin. Jedoch: Mein Vater wurde auf einem speziellen Gräberfeld bestattet. Einem für gemischte Paare. Bald wird ihm meine nichtjüdische Mutter in das Doppelgrab folgen. Dort wartet ein Platz auf sie. Ihretwegen liegt er nun also etwas abseits von den richtigen Juden, obwohl er doch einer ist. Für meine Mutter wird einmal kein Rabbiner kommen. Da muss der Gemeindepräsident reichen.

Und ich? Ach, nirgends halt. Für solche wie mich gibt es keinen Platz auf einem jüdischen Friedhof.

Aber meine Tochter möchte jetzt »Weil« heißen, also meinen jüdischen Namen annehmen.

Ionka erzählt

Vali

Na ja, manche Väter sind ja nur noch die Söhne von durch ca. zehntausend Wunder überlebenden Vätern – Secondhand-Wunderväter sozusagen.

Aber meiner, Vali, ist noch ein original Überlebender, mit seinen Eltern und Geschwistern in Frankfurt unter falschem Namen. Unser Vater war ob seiner Vergangenheit eher verwundert als verwundet. Allerdings: Anvertraut, dass er Jude ist, hat er nach dem Krieg und bis in die späten 1960er-Jahre nur einigen Freunden und Genossen und selbst seiner Frau erst nach vielen Jahren. Die jüdische Identität wuchs ihm erst ganz allmählich – wieder? – zu. So besonders jüdisch fühlten seine Eltern sich ja damals nicht – oder etwa doch? Ich weiß so viel über sie – vor allem durch Valis Bücher – und doch so wenig.[2] Sie waren aus dem zaristischen Russland als Kommunisten geflohen. Die Söhne wurden zwar beschnitten, aber außer Jom Kippur wurden jüdische Feiertage nicht begangen. Darin unterschieden sie sich wenig von Menschen, die ihre Kinder christlich taufen lassen und an Weihnachten und sonst nie in die Kirche gehen. Sie nutzten allerdings die Armenspeisung der jüdischen Gemeinde bis in die späten 1930er-Jahre, was beinahe zu einer Katastrophe geführt hätte. Manchmal überschnitt sich ihr politisches Engagement mit ihrem Jüdischsein: So waren sie und auch Vali und seine Schwester Paula – Bruder Alex war noch zu klein – im »Jüdischen Arbeiterkulturbund«, einer kommunistischen Vereinigung, die Arbeitern Bil-

2 Senger, Valentin (1978): Kaiserhofstraße 12. Darmstadt/Neuwied: Luchterhand. Aktuelle Ausgabe 2019 erschienen bei Schöffling & Co, Frankfurt a. M.

dungs- und Kulturangebote machte. Kennengelernt haben sie da z. B. Georg K. Glaser, den bildenden Künstler und Autor von »Geheimnis und Gewalt«. Oder Selly Hirschmann, einen jüdischen Arzt, der dort seine spätere Frau Trude Immerglick traf. Zu der nach Frankreich emigrierten Familie hatten meine Eltern intensiven Kontakt … Aber jetzt verlaufe ich mich in Valis Vergangenheit, statt über ihn selbst zu schreiben.

Da Vali sein Judentum so spät erst bewusst lebte, bekam ich als Kind auch wenig »Jüdisches« mit auf den Weg. War es jüdisch, dass Bildung und Intellekt in der Familie eine ungeheure Bedeutung hatten, obwohl meine beiden Eltern nur die »Volks-« bzw. »Mittelschule« abgeschlossen hatten? War es jüdisch, dass über alles immer intensiv debattiert wurde, oft polyphon? War es jüdisch, dass ich immer stolz darauf war, wenn ich in Diskussionen die Oberhand behielt, selbst wenn ich von meiner Meinung nicht ganz überzeugt war – entscheidend war, möglichst lange geschickt und mit Debattierlust zu argumentieren und standzuhalten? War es jüdisch, dass ich in der Überzeugung aufwachsen durfte, einfach einzigartig – klug, schön, stark … – zu sein? War es jüdisch, dass meine Eltern immer ein offenes Haus hatten, dass oft monatelang Freunde mit bei uns – in sehr, sehr kleinen Wohnungen – wohnten und abends das Wohnzimmer voll war mit angeregt diskutierenden Menschen? War es jüdisch, sich, wenn auch nicht als Teil des auserwählten Volkes, so doch als bester Teil der Menschheit zu fühlen? Ich weiß es wirklich nicht. Aber die gelebten Werte in der Familie kamen von Vali. Irmgard setzte sie zwar begeistert und oft stringenter um als ihr Mann, aber ihren Ausgangspunkt hatten sie bei unserem jüdischen Vater: Toleranz, Witz, Gerechtigkeit, Selbstironie, die Fähigkeit und Aufforderung zur Selbstliebe, fünfe gerade sein lassen – nein, Letzteres kam eher von meiner Mutter Irmgard.

Ich versuche es noch mal: Ich war mir immer sicher, von meinem Vater geliebt zu werden. Ich liebte und bewunderte ihn für seine Wärme – davon hatte er mehr als seine Frau –, den Beistand, den er mir gelegentlich gegenüber Irmgard bot, für seinen Intellekt, seine Zu- und manchmal auch Abgewandtheit. Selten habe ich erlebt, dass Vali eine Frage von mir abgetan hätte oder einer Diskussion mit seiner Tochter ausgewichen wäre. Nie hat er mich als noch nicht groß, reif, intelligent, erfahren genug abgewertet. Mit ihm habe ich auf Augenhöhe gesprochen, auch als ich noch sehr hochgucken musste, so von 1 Meter Ionka zu 1,75 Meter Vali. Allerdings war für uns Kinder immer klar, dass Irmgard die Nummer eins in seinem Herzen war – trotz heftigster Auseinandersetzungen zwischen den beiden, Scheidungsdrohungen von Seiten Irmgards, Türen knallen und die Wohnung verlassen von Seiten Valis.

Unser Vater war – im Verhältnis zu seiner Männergeneration – sehr emanzipiert. Er trug uns als Babys revolutionäre Lieder singend fürs »Bäuerchen« herum, er schob die Kinderwagen, er half beim Kochen. Später, als ich schon lange nicht mehr bei ihnen wohnte, setzte er sich an die Nähmaschine, nur um das auch zu können. Es war für ihn immer klar, dass Irmgard beruflich gleichberechtigt war. Wo immer er als Journalist anfing, band er sie ein, holte sei dazu. Er war erst ganz kurz als freier Mitarbeiter beim Fernsehen des Hessischen Rundfunks, als er sie als Reporterin dort einschleuste. Er war nicht konkurrierend, als sie dort erfolgreich und zeitweise bekannter war als er. Seine Bücher besprach und recherchierte er mit ihr. Sie war immer seine erste Leserin und Kritikerin. Gleichberechtigung war für ihn selbstverständlich. Das ist vermutlich nicht besonders jüdisch. Vieles von dem, was unseren Vater ausmachte, kam aus der kommunistischen Familientradition. Aber ich kann das bei Vali nicht auseinanderhalten. Später war er nicht mehr kommunistisch, kaum noch sozialistisch. Er versuchte es mit der SPD, blieb dort aber nur kurz – doch zu revisionistisch! Mir scheint es, dass sich seine Abwendung von der Politik mit seiner Hinwendung zum Judentum kreuzt.[3] Während seine Kritik an der Kommunistischen Partei, seine politische Entwicklung Gegenstand intensiver Diskussionen in der Familie war, machte er seine Annäherung an sein Judentum eher mit sich selbst aus. Vielleicht habe ich diesen Eindruck auch nur, weil ich in der ersten Phase, der Entpolitisierung, noch mit ihm unter einem Dach lebte. Zum Zeitpunkt seiner Suche nach sich selbst als Jude war ich schon ausgezogen und mit ganz anderen Dingen beschäftigt.

Zusammen mit einem sehr jungen Freund trat er 1988 in die jüdische Gemeinde ein – frühere Versuche in den 1950er-Jahren waren

3 Senger, Valentin (2011): Kurzer Frühling. Frankfurt a. M.: Fischer.

vom Frankfurter Rabbinat und vom hessischen Landesrabbiner abschlägig beschieden worden –, blieb aber immer sehr ambivalent. Denn fromm war er keinesfalls und die orthodoxe Ausrichtung der Gemeinde, ihre konservative politische Haltung passten ihm überhaupt nicht. Es gab zwar eine Zeit, in der er sich gewünscht und wohl auch darum bemüht hat, an Gott zu glauben. Das ließ er aber nach einiger Zeit wegen Erfolglosigkeit wieder sein. Auch nicht in seiner allerletzten Zeit, als er schon von seiner schweren Krebserkrankung wusste, änderte sich das wieder. In seinem Abschiedsbrief wünschte er sich, auf dem allgemeinen Friedhof neben seinem Enkel – meinem Sohn Philipp – beigesetzt zu werden. Er kam vermutlich nicht einmal auf die Idee, den jüdischen Friedhof als seine letzte Ruhestätte zu wählen, denn dort hätte seine geliebte Irmgard ja später keinen Platz gehabt.

Israel war ein Thema, das ihn geradezu zerriss. Der Wunsch nach einem sicheren Platz für die Juden in der Welt hebelte nie seinen kritischen Blick aus. Schon nach ihrem ersten Besuch dort, 1966, kamen unsere Eltern mehr als ernüchtert zurück, vor allem wegen des damals schon spürbaren und seitdem natürlich enorm gewachsenen Chauvinismus. Am Anfang war es weniger die Palästina-Frage als vielmehr die erlebte Rücksichtslosigkeit im Alltag, der latente Rassismus und die geringe Bedeutung, die soziale Themen hatten, was sie abstieß. Geglüht hatte mein Vater als ehemaliger Kommunist für die Kibbuz-Bewegung. Ich glaube, er hatte davon geträumt – wissend, dass das utopisch war –, dass Israel eine Art Groß-Kibbuz sei. Über sein ambivalentes Verhältnis zu »mein Israel« hat er in den 1990er-Jahren einen bewegenden Aufsatz geschrieben.[4]

Wenn ich mit Abstand über meinen Vater und sein Leben nachdenke, bin ich voller Bewunderung. Wie hat er es geschafft, hier in Deutschland ein solch offener Mensch zu bleiben, wissend, dass fast alle um ihn herum ihn wenige Jahre vorher, ohne mit der Wimper zu zucken, ins Gas geschickt hätten? Wie?! Wo ich schon an dem bisschen Antisemitismus, der mir in meinem Leben begegnet ist

4 Senger, Valentin (1998): Meine Liebe ertrinkt in einem Strom von Tränen. In: Micha Brumlik (Hg.): Mein Israel. 21 erbetene Interventionen. Frankfurt a. M.: Fischer, S. 95–98.

und noch begegnet, verzweifle. Wie hat er es geschafft, das Scheitern seiner kommunistischen Ideale zu verkraften, wie zum Beispiel die Erkenntnis, dass es in der Sowjetunion für alle und jeden Lager gab, vor allem aber für die Intelligenzia und die Juden, seine Überlebenschancen also dort auch nicht gerade groß gewesen wären. Wie hat er es geschafft, nicht daran zu zerbrechen, dass ihn die Bundesrepublik Deutschland über Jahrzehnte nicht einbürgern wollte, ihn, der in Frankfurt geboren war, immer hier gelebt hatte, Verfolgter des Naziregimes war, eine deutsche Frau und vor allem – nur – die deutsche Sprache hatte. Wie hat er es geschafft, vom technischen Zeichner über die Abendschule zum Ingenieur, vom Bademeister bei den Amerikanern zum Journalisten bei der SVZ (der Sozialistischen Volkszeitung, dem Parteiorgan der hessischen KPD), zum westdeutschen Korrespondenten der DDR-Nachrichtenagentur ADN, zum Neustart als freier Reporter bei der »Hessenschau«, zum anerkannten Wirtschaftsredakteur beim Fernsehen und schließlich zum ziemlich gefeierten Schriftsteller zu werden? Wie hat er es geschafft, nach seinem Weggang vom ADN nicht zu verzweifeln? Als er von seinen Genossen als amerikanischer Spion bezeichnet, als er von ihnen geschnitten wurde und damit von einem wichtigen Teil seiner Vergangenheit abgeschnitten wurde? Wie konnte er trotz allem ein lebenszugewandter, kontaktfreudiger, humorvoller, optimistischer, liebender Mensch werden und bleiben? Was war das für eine Stärke in ihm? Na klar, »Resilienz« ist ein Wort dafür, aber eben nur ein Wort. Anfangs war mit Sicherheit die Blase, die Subkultur aus überlebendenden jüdischen und nichtjüdischen Freunden und Genossen und das Bewusstsein der moralischen Überlegenheit das Überlebenselixier. Dann die leidenschaftliche Liebe zu und intensive Ehe mit Irmgard und auch die Liebe und Verantwortung für uns Kinder.

Vali – 2. Versuch

Es war schon toll, als Kind so einen Vater zu haben, der alles – wirklich alles! – wusste, der mir zuhörte und echte Antworten gab, der mich mitnahm in seine Redaktion und stolz den Kollegen (und Kolleginnen?) vorführte, der mit mir schmuste – wenn er das nicht gerade mit seiner Frau, also unserer Mutter tat –, der oft lachte, mich aber nie auslachte, der manchmal ein bisschen weinte, der sich öfter mal gegen die Mutter auf meine Seite schlug, was dann unweigerlich einen Streit zwischen den beiden zur Folge hatte, sodass ich mir vielleicht sogar gewünscht hätte, er hätte mir nicht beigestanden, der mich eigentlich nie zu etwas zwang oder zu überreden versuchte, der mir immer signalisierte, dass er Vertrauen in meine Urteilskraft und Intelligenz hat.

Vali war viel beständiger als Irmgard. Er machte mir nie Angst, was Irmgard manchmal tat, wenn sie voller Wut, voller Verbissenheit, jedenfalls immer voller Leidenschaft eine Meinung vertrat oder auch mir Vorwürfe wegen irgendwelchem Mist machte. Um keine falschen Vorstellungen zu wecken: Das kam echt selten vor, aber manchmal eben doch und es war dann schwer, dieser Wucht standzuhalten. Vali als Fels in der Brandung zu bezeichnen, wäre aber auch nicht richtig. Dazu hatten die beiden zu oft Streit, versöhnten sich zu leidenschaftlich und hinterließen so bei mir die ständige Angst, sie beide oder doch mindestens einen von ihnen zu verlieren.

Vali war derjenige in der Familie, der die politische, ethische, kulturelle Richtung vorgab. Das heißt nicht, dass er nicht immer wieder um seine Haltung rang, sich selbst infrage stellte, ideologisch beweglich war, ohne opportunistisch zu sein.

Nach dieser Eloge frage ich mich, was eigentlich das Jüdische an Vali war, was er mir in dieser Hinsicht mitgegeben hat. Einerseits empfinde ich – und andere – ihn im Nachhinein als »typisch jüdisch«: sein Sich-permanent-selbst-infrage-Stellen und damit auch ein bisschen kokettieren, seine Fähigkeit, Dinge von ihrer komischen Seite zu sehen, sein Bildungs- und Kulturhunger, seine Bereitschaft, alles bis zum bitteren Ende – nein, nicht zum »bitteren« Ende – auszudiskutieren, und dabei vor allem Lust am Diskutieren selbst zu haben, seine Fähigkeit, Dinge von verschiedenen Seiten zu sehen, ohne dabei seine Überzeugungen aufzugeben, vielleicht auch seine Sentimentalität. Bei rührenden Szenen in Filmen bekam er leicht feuchte Augen und generell neigte er zu Rührung, wenn er etwas toll fand.

Er selbst war nicht im engeren Sinn jüdisch erzogen worden. Von jüdischem Glauben, jüdischer Geschichte, Hebräisch … hatte er keinen blassen Dunst. Erst nachdem er mit seinem Buch »Kaiserhofstraße 12« als Jude bekannt, vielleicht sogar ein bisschen berühmt geworden war, eignete er sich diesen Hintergrund an, soweit ihm das mit 60 Jahren noch möglich war. Er trat in die jüdische Gemeinde ein und machte – mit käppl oifm kop – Führungen über jüdische Friedhöfe. Trotz der Unkenntnis traditionellen Jüdischseins fühlte er sich der Gemeinschaft und der Geschichte der Juden zugehörig, war voller Stolz auf diese Zugehörigkeit. Er wies uns immer darauf hin, wenn eine Musikerin, ein Dichter, eine Wissenschaftlerin aus Vergangenheit und Gegenwart jüdisch war. Es dudelten bei uns zu Hause ständig Schallplatten mit jiddischen Liedern – abwechselnd mit Kompositionen von Hanns Eisler oder Kurt Weill. Jiddisch war im Sprachschatz der Familie reichlich vorhanden: »Jetzt setz dich endlich mal auf dein tuches«, »uff zuluches ist mein Chef in dem Moment reingekommen, als ich …« »Masel tov!« im Sinne von »Das hat gerade noch gefehlt«, »Das ist doch gojim-naches« ständig war jemand »meschugge« und so weiter.

Allerdings waren ihm ganz lange seine Wurzeln in der kommunistisch-sozialistischen Tradition – er selbst hätte das nicht so ausgedrückt, hätte eher von der Arbeiterbewegung gesprochen – mindestens genauso wichtig, augenscheinlich wichtiger. Wenn in der Nachkriegszeit bis in die Mitte der 1960er-Jahre hinein Menschen bei uns zu Hause waren, war es unerheblich, ob sie als Jude oder als Genosse die Nazizeit und häufig auch das KZ überlebt hatten. Wichtig war nur, dass sie sich als Linke verstanden und menschlich integer waren. Die engere Definition war, dass sie Antifaschisten waren und dem Adenauer-Deutschland kritisch gegenüberstanden, dass sie ihren Zukunftsträumen, ihren politischen Utopien treu waren – noch so ein Wort, das Vali verachtet hätte, denn »treu« war »treu-deutsch« –, dass sie zu denen gehörten, die sich mit der Vergangenheit, viel mehr noch mit der politischen Gegenwart kritisch auseinandersetzten. Am Anfang war das relativ gleichbedeutend mit der Mitgliedschaft in der KPD, aber schon vor und ganz bestimmt mit dem 20. Parteitag der KPdSU 1956 und der berühmten Rede Chruschtschows, in der er mit Stalin abrechnete, hat sich sein politischer Horizont weit über die Partei hinaus entfaltet.

Vali selbst beschrieb sich als eher feige, auf jeden Fall nicht mutig. Viel mutiger hätte er aber doch nicht sein können. Selbst als »Feigling« klebte er in der Nazizeit Flugblätter an Laternenmasten und Hauswände, scharte eine kleine kommunistische Widerstandgruppe um sich, agitierte in seinem Betrieb. Nach dem Krieg führten seine politischen Überzeugungen zum Arbeitsplatzverlust – nach dem Verbot der KPD wurde seine Zeitung, die SVZ dicht gemacht –, wurde er Jahrzehnte nicht eingebürgert, weil er »nicht die Gewähr dafür bot, jederzeit für die freiheitlich-demokratische Grundordnung einzustehen« und übrigens auch nicht dafür, seine Kinder zu guten Staatsbürgern zu erziehen, weshalb meine Schwester und ich ebenfalls staatenlos waren. Der Antrag auf unsere Einbürgerung wurde mit obiger Begründung und letztlich vom deutschen Innenminister selbst abgelehnt. Später riskierte er zunächst eine mögliche Verhaftung, schlimmstenfalls eine Verbannung nach Sibirien, weil er, obgleich Korrespondent beim ADN, kritisch gegenüber Entscheidungen der DDR war. Dann riskierte er den Bann seiner ehemaligen Genossen, als er als Konsequenz seiner kritischen Haltung den ADN verließ und als »amerikanischer Spion« denunziert wurde. Das hat ihn besonders tief verletzt. Es ist ja fast zum Lachen: Wie verbohrt, wie idiotisch, wie mitläuferisch waren denn diese »Genossen«, die im Faschismus Kopf und Kragen riskiert hatten? Hinter vorgehaltener Hand wussten doch alle, was in der DDR schieflief, um es mal harmlos auszudrücken. Woher hatten diese Leute das viele Stroh im Kopf? Woher kam die ungeheure Feigheit? Jaja, natürlich ist es psychologisch zu erklären, aber meine Verachtung nahe am Lachen bleibt trotzdem. Was Vali sich unter »nicht feige sein« vorstellte, war irgend so ein abstraktes Heldentum. Auch an meinem Vater ist die Nazizeit ideologisch nicht spurlos vorübergegangen.

Steffi erzählt

Wie viele Vaterunser hat das kleine Mädchen gebetet, damit der Vater nicht stirbt? Es hat nicht geholfen, er ist gestorben, noch ehe es ihn näher kennenlernen durfte, lange bevor es sich mit ihm und seiner Geschichte auseinandersetzen konnte.

Für die trauernde Mutter und die fünf älteren Geschwister, alle vor bzw. während des Krieges geboren (!), war er eine Ikone, eine

Heiligenfigur, als Schwager und Onkel beliebt, geschätzt und geachtet als Kollege und Vorgesetzter, von seinen Patienten verehrt – was war er für mich?

Ich erinnere mich nicht mehr, ob und was ich in den ersten Jahren nach seinem Tod gefühlt habe, ich weiß nur, dass ich weder am Krankenbett Abschied nehmen konnte noch der Beerdigung beiwohnte. Er war einfach fort, ich musste mich an die Mutter halten, die tieftraurig war und sehr lange brauchte, um ihre Trauer zu verarbeiten.

Mit dem Übergang ins Gymnasium (1957), als Internatsschülerin und den Begegnungen mit väterlichen Verwandten aus New York begann ich zu realisieren, dass mein Vater ein Holocaustüberlebender war, dass sich seine beiden Brüder ins Ausland hatten retten können, dass sein Vater schon 1931 gestorben war, dass seine Mutter sich mit ihrer verwitweten Schwester zunächst in Berlin hatte verstecken können, aber verraten und in Auschwitz ermordet worden war – dass ich ein jüdisches und ein nichtjüdisches Erbe in mir trug. Ich bewunderte meine amerikanischen Verwandten sehr, zumal meine Cousine mir im Alter viel näher war als meine eigenen Geschwister. Mir erschien diese Seite viel verlockender, aber was daran war jüdisch? Eine gelebte religiöse Zugehörigkeit habe ich nicht bemerken können. Entweder wurde das vor mir verborgen oder fand tatsächlich nicht statt.

Die väterliche Familie, so wurde mir von meiner Mutter erklärt, zählte sich zu den assimilierten liberalen Berliner Juden. Sie waren gebildet, gut situiert, ihre drei Söhne besuchten das Gymnasium, zwei wurden Ärzte, einer Rechtsanwalt, alle drei promoviert. Mein Vater, der jüngste von ihnen, schloss sich einem Turnverein an, spielte verschiedene Musikinstrumente und hielt sich im überwiegend nichtjüdischen Milieu auf. So verwundert es nicht, dass er schließlich eine Nichtjüdin und gläubige Katholikin heiratete. Nach der Hochzeit (1932) ließ er sich katholisch taufen. Für seine Kinder, besonders für mich, war er eben katholisch, besuchte regelmäßig Gottesdienste mit uns, hatte sogar Freunde in Klerikerkreisen. Es war kein Geheimnis, dass seine Eltern nicht mehr lebten und wir Verwandte der väterlichen Linie nur im Ausland hatten, aber ich kannte sie zu seinen Lebzeiten nicht persönlich. Amerika war für uns in den frühen 1950er-Jahren unerreichbar weit weg, fast ebenso unerreichbar wie unser Vater als vielbeschäftigter Krankenhausarzt. Zu Hause schirmte ihn unsere Mutter oft vor uns Kindern ab: »Der Vater braucht Ruhe!«

Kirsten erzählt

Daddy (gesprochen mit deutschem A)

93 Jahre ist er geworden und dann an, mit oder durch Corona gestorben. Ich streite mich nicht darüber, wichtig ist, dass er erst vor Kurzem gestorben ist, nach einem langen, gesundheitlich problematischen und doch glücklichen Leben. »Bis 120« ist ein jüdischer Geburtstagswunsch und wäre er gesund und fit gewesen, wie schön wäre es gewesen, wenn …

Mit 12 Jahren ist Hellfried im Juni 1939 mit einem Kindertransport nach England »emigriert worden« – allein, ebenso wie 10.000 andere Kinder, die dort in Heimen oder Pflegefamilien unterkamen. Ihm wurde gesagt, dass die Familie nachkommen würde, doch das hatten alle Jungs gehört, die wie Hellfried in Riversmead, Nordengland, untergebracht worden waren. Seine Eltern hatten zwar ein »Affidavit«, eine beglaubigte Bürgschaftserklärung, für Amerika, aber an welcher Stelle auf der langen Warteliste sie standen, das weiß keiner.

Durchgängig und besonders zum Ende seines Lebens war Daddy im Englischen viel gesprächiger als im Deutschen – für seine Verhältnisse.

Ich wusste schon früh, dass Daddy Jude war.

Hamburg, ein Sonntag 1965/1966, ich komme mit einer Freundin aus dem Kindergottesdienst nach Hause und frage meine Mutter, ob mein Vater ein Mörder sei. Hat er wirklich Jesus umgebracht? »Die Juden haben Jesus umgebracht«, das wurde mir an diesem Tag gesagt und ich wusste, mein Vater ist Jude.

Von Jahrzehnten, Jahrhunderten oder Jahrtausenden hat eine Vier- oder Fünfjährige schließlich keine Ahnung. So wie meine Mutter ist, hat sie der Kirchengemeinde ihre Meinung lautstark kundgetan und ich bin nie wieder dorthin gegangen. Allerdings bedeutete das jetzt keine Abkehr von evangelischen Kirchengemeinden. Wir zogen in einen Hamburger Vorort und die Gemeinde dort hatte einen jungen modernen Pastor, der sehr offen war und mit dem meine Eltern dann ihre erste gemeinsame Israelreise machten.

An Gott geglaubt hat Hellfried jedoch nicht. Als wir zehn Jahre später nach Nordrhein-Westfalen umzogen, war mein Vater dann soweit, aus der Kirche auszutreten – bei mir dauerte das weitere 14 Jahre.

Warum mein Vater Jude war, wenn er doch in der Kirche war? Seine Aussage war: »weil die Nazis mich dazu gemacht haben.« Er wuchs konfessionslos auf und bis er sechs Jahre alt war, war Jüdisch- oder Christlichsein absolut kein Thema. Dann stürmten die Nazis 1933 die Freitaler Wohnung, holten seinen Vater Kurt ab und schossen seiner Mutter Klara ins Bein, während sie sich über ihn warf. Die Familie zog nach Dresden und da Kurt als Jude und Nazigegner nicht mehr als Redakteur arbeiten durfte, verdienten sie sich ihren Lebensunterhalt mit einem Lebensmittelgeschäft. Mein Vater war in Dresden sehr unglücklich und berichtete von täglichen Hänseleien in der Schule.

In England wuchs er in einem Heim mit vielen Jungen auf, die fast alle aus »gemischten Familien« kamen. Viele von ihnen hatten nach sechs Jahren Nationalsozialismus kein positives Selbstbild – viele von ihnen versteckten noch Jahre später, sogar vor ihren eigenen Familien, ihren Familienhintergrund. Mein Vater hat jedoch, seitdem ich denken kann, gesagt, dass er Jude sei. Meine Mutter hat ihn darin bestärkt, hat gesagt, dass er sich nicht schämen und verstecken müsse. Wobei, als sie ihn mit 22 heiratete, war die Hochzeit im weißen Kleid in der Kirche noch wichtig. Also wurde er kurz vorher konfirmiert – mit 32 Jahren. Getauft wurde er 1934/1935 auf den Stufen einer Kirche, weil der Pfarrer Hellfried und seine älteren Geschwister, Peter und Liesel, als »Halbjuden« nicht in die Kirche lassen wollte.

Daddy bezeichnete sich selbst als jüdisch, aber was verstand er darunter, wenn er selbst doch sagte, er sei nicht religiös? Er selbst hatte keine klare Antwort darauf und doch traue ich mich, nach vielen Gesprächen, darüber zu mutmaßen. Er hatte das Gefühl, das Vertrauen, dass er dazugehörte, weil er ein Familienmensch war.

Als er sich für ein Buch interviewen ließ, sagte er, er sei Jude und

Deutscher, aber er widerspricht sich gleich darauf selbst, denn er erzählt, dass er immer, wenn er nach England kommt, das Gefühl habe, nach Hause zu kommen. Lange Jahre trug er den Davidstern an einer Kette. Die Familienforschung meiner Mutter hat dazu beigetragen, dass er die Verbindung, die unsichtbare Schnur zu den Heilbuts der vergangenen Jahrhunderte spürte und schätzte.

Er hatte nicht geplant, sein Leben hier in Deutschland zu leben – eigentlich wollte er nach Amerika, da er sagte, der Antisemitismus dort sei nicht so hässlich wie in Deutschland. Er blieb hier, denn er traf und verliebte sich in meine Mutter.

Obwohl ich nicht zweisprachig aufwuchs, gab es diverse englische Kinderreime und Redewendungen, die Hellfried nicht auf Deutsch sagte, sondern die englisch blieben: »goose pimples« (Gänsehaut) und »crocodile tears« (Krokodilstränen), um nur zwei zu nennen. Und natürlich war die Musik von Edward Elgar bei uns öfter zu hören, weil sie ihm ein Zuhause-Gefühl gab.

Auch den englischen Humor hatte er und konnte und wollte ihn nicht ablegen. Einen Humor, den wir Kinder sofort verstanden, während meine Mutter sehr oft auf dem Schlauch stand. Es machte ihm Spaß, sie damit zu foppen, und sie regte sich darüber auf. Wenn er sie dann aber wieder schmunzelnd anlächelte, konnte sie seinem Charme nicht widerstehen und lächelte zurück – seufzend.

Hatte er Wurzeln in Deutschland? Jein, wir Kinder waren seine Wurzeln.

Wo war Hellfrieds Zuhause? Er war nicht lokal verankert. Da, wo seine Frau war, war sein Zuhause.

David Zeifert (Tel Aviv, ca. 1947)

Valentin Senger

Robert Weil
mit Regula
(1961)

Die Mütter

Ruth erzählt

Ich habe eine jüdische Mutter.

Nein. Habe ich nicht.

Aber irgendwie schon!

Es geht um Eigenschaften, um Charakter – und da könnte man meine Mutter schon im Klischee der »jiddische Mamme« unterbringen, denke ich. Sie ist laut. Sie ist die lauteste Person, die ich kenne. Mein Vater wollte immer das Fenster aufmachen, um die Telefonkosten mit den Nachbarn zu sparen. Sie redet unheimlich viel und gern – und sie lacht. Sie lacht, dass einem die Wangen weh tun, wenn sie einmal richtig loslegt. Sie ist reisewütig, will die Welt sehen und kennt sich aus. Sagst du, du fährst nach, sagen wir, Kasachstan, fragt sie sofort: »Wohin genau?«, und weiß die politische Situation im Jetzt und geschichtlich einzuordnen. Ein Allgemeinwissen hat sie, es ist nicht zu glauben. Dabei ist sie »nur« eine Schneiderin (Schneidermeisterin, bitte!). Aber beispielsweise in puncto politisches Weltgeschehen (natürlich auch besonders bzgl. Nahost), Reisen (natürlich auch besonders bzgl. Nahost) und Mode ist sie an den meisten Tafelrunden auch mit Mitte 70 die, die den Ton angibt.

Ist das jetzt wirklich die Beschreibung einer »jiddischen Mamme«? Vielleicht nicht. Aber sie unterdrückt mich. Mit viel Herz und Verstand. Wenn ich zu Hause ankomme, braucht sie mich nur anzusehen und mir fallen alle Sünden ein. Und kurz drauf geht's los …

Sie ist also nicht jüdisch, aber das macht auch nichts.

Meine Mutter wurde 1940 in Neu-Isenburg bei Frankfurt am Main geboren. Ihr Vater starb, als sie drei Jahre alt war, im Krieg an einer Krankheit. Sie wurden ausgebombt und zogen zur Familie. Da kam die Verwandtschaft aus Ostpreußen auch noch dazu, mit Wanzen. Und dann kamen die Amis mit Hershey's Schokolade und »Tschuwing-Gam«. Die hatten das öffentliche Schwimmbad und man selbst hatte die Trümmer. Es kamen die Flüchtlinge: dreckig, ohne Schuhe und verlaust. Sie konnten zwar die Sprache, waren aber unheimlich arm. Schließlich waren es 60 Kinder in der Klasse. Man bekam auch mal Prügel, aber der Lehrer Koch, der hat das Interesse bei meiner Mutter geweckt. Ins Büro arbeiten, wie die anderen Mädchen, ging sie nicht. Ihre Tante und ihre Mutter schickten sie in die Lehre als Schneiderin nach Frankfurt. Von da an höre ich in den Erzählungen meiner Mutter Stil. Von dem wenigen Geld, das sie hatte, kaufte sie sich tolle Schuhe und ging so oft wie möglich ins Theater und in die Oper. Das wollte sie machen und sie machte es. Die Frau ihres vier Jahre älteren Bruders bekam mit 17 das erste von fünf Kindern. Meine Mutter wusste, dass sie das nicht will. Ihr Bruder arbeitete und lebte damals im Naturfreundehaus. Gegenüber vom Naturfreundehaus, da wohnte in einem Zimmer bei der alten Frau Geiß dieser dunkle Israeli mit dem weißen Rollkragenpulli. Und der sah nicht nur toll aus, sondern hatte Geschichten zu erzählen! Mit 21 heiratete sie meinen Vater.

Gefühlt ganz Neu-Isenburg sei zur Kirche gekommen, weil sie sehen wollten, wie »die Dori« den »Jud« heiratet. (Der Pfarrer hatte gesagt, dass eine kirchliche Trauung,1961, notwendig sei. Erst viele Jahre Freundschaft später gestand er meinen Eltern, dass er sie doch nur trauen wollte, es aber rechtlich unnötig gewesen wäre.) Dann ging's für meine Mutter endlich in die Welt. Der erste Israelbesuch muss ein wahres Abenteuer gewesen sein. Da war dieser Esel, der vor dem Haus geschrien hat, dass sie fast aus dem Bett gefallen sei. Kleine, sandfarbene Mehrfamilienhäuser mit Flachdächern, staubige Straßen, pralle Sonne am blauen Himmel. Sie erzählt vom Jom haAtzma'ut, dem Unabhängigkeitstag, dass alle auf den Straßen getanzt und sich »Tick« mit kleinen Hämmerchen auf die Köpfe gehauen hätten. Sie erzählt aber auch von vielen anderen Reisen. Mit wenig Geld in der Tasche. In Italien ausgeraubt, in Holland als Deutsche ausgeschimpft, auf einem Zeltplatz in Frankreich mit einem Schwips und einem lustigen Hund. Mein Vater hatte zum Schluss immer noch etwas Geld übrig. So konnte meine Mutter die nächste Reise planen. Wirtschaftlich sollte das Leben meiner Eltern noch sehr viel besser werden, sodass sie diesen Lebensstil halten und um einiges ausbauen konnte. Kürzlich war sie in Abu Dhabi, den neuen Louvre ansehen, nun plant sie Ägypten, Israel, Belgien usw.

Nicht in allem lebt sie auf so großem Fuß, aber »für Bücher und für Reisen gibt es immer Geld!« war ein Spruch, der meine Kindheit durchaus prägte. Das lag nicht nur an ihrem Interesse, sondern auch gewissermaßen am Nationalsozialismus. Denn: »Nur was man im Kopp hat, kann einem keiner nehmen!« Diese Weisheit hat meine Mutter verinnerlicht und uns immer wieder mahnend vorgebetet. Ich verbinde sie aber auch mit einer langjährigen (natürlich jüdischen) Freundin der Familie, Ruth Wolf – Gott hab sie selig –, die als junge Frau mit nur ihren Kleidern am Leib vom Vater nach England geschickt worden war, um den Nazis zu entkommen.

Jüdischer als mit meiner Mutter hätte es meinen Vater eigentlich nicht treffen können, wenn man von der Liebe zu Israel, geradezu existenzieller politischer Diskussionswut, gutem Essen und einem offenen Haus ausgeht. Nur über »Gott« sagt meine Mutter (zu allen, die glauben): »Wo ist er denn, euer Gott?« und »Wer kann denn bei alledem, was passiert, noch an einen Gott glauben?«, und dann sagt mein Vater: »Weißt du …«, macht einen Witz und dann bebt das Haus wieder unter dem Lachen meiner Mutter und alle Anwesenden werden angesteckt.

Regula erzählt

Im Alter wollte sie dann doch noch übertreten, meine vollkommen ungläubige Mutter. Damit sie dereinst auf dem jüdischen Friedhof zu liegen kommen würde, neben meinem Vater. Jetzt ist sie dement und er tot und wir konnten erwirken, dass sie ein Doppelgrab erhalten, meine Eltern. Ja, auf dem jüdischen Friedhof, etwas abseits zwar, aber am richtigen Ort. Das würde sie freuen, wenn sie das wüsste. Aber wie gesagt, sie bekommt nichts mehr mit und Vater ist gestorben. Aber sie hat sich wirklich Mühe gegeben, meine erstaunliche Mutter. Sie ging zum Rabbiner und lernte. Sie lernte beispielsweise, dass sie

»Schehechejanu« sagen kann beim Orgasmus und viele andere nützliche jüdische Dinge. Als der Rabbiner dann vorschlug, den Giur in Budapest zu vollziehen (die Schweiz war ihm zu riskant für dieses Unterfangen), wollte sie nicht mehr. Sie glaubt an nichts. Also kann sie auch keiner Religion angehören. Sie blieb sich treu, irgendwie. Der andere Rabbiner, der in Jerusalem, den ich besucht hatte, um ihn zu fragen, weshalb er mich nicht konvertieren lassen wollte, als 18-Jährige, gab mir zur Antwort: Das hätte deine Mutter tun sollen. Jetzt hast DU das Problem.

Aber ihr ganzes Leben lang hat meine Mutter für die jüdische Gemeinde gearbeitet. Vor allem in der WIZO, der jüdischen Frauenorganisation. Da war Religion nicht wichtig, Da zählte soziales Engagement und Frauensolidarität und Verbundenheit mit Israel. Alle Kontakte liefen über sie, vor allem über ihre jüdischen Freundinnen. Zu Jenny gingen wir jedes Jahr Pessach feiern, richtiges Pessach mit allem Drum und Dran, denn Jennys Sohn war ein Kantor. Michelle war auch eine wie sie, also mit jüdischem Mann, aber selbst keine Jüdin. Mit ihr zusammen hat sie sich auf den Giur vorbereitet. Beide Ehepaare fuhren zusammen mit dem Rabbiner nach Budapest, aber nur Michelle stieg in die Mikwe, das rituelle Tauchbad, und ist jetzt jüdisch. Meine Mutter ist trotzdem jüdisch oder zumindest Zionistin.

Das kam so: Als mein Vater für das Schweizer Fußballteam an die Makkabiade geschickt wurde, durfte sie mit. Aber kaum in Israel angekommen, verschwand mein Vater. Abgeholt vom Mannschaftsbus und der fuhr los, ohne meine Mutter, ein Missverständnis. Sie blieb allein zurück, mit nur einer Adresse in der Tasche. Damit wandte sie sich an diese ihr unbekannten Menschen, ein Ehepaar aus Deutschland, Überlebende. Sie wurde freundlich aufgenommen und beherbergt. Eine lebenslange Freundschaft sollte daraus entstehen. Die Frau sagte, dass sie zum ersten Mal wieder Deutsch spreche mit ihr, meiner Mutter. Sie erzählte, was ihr Kraft zum Überleben gegeben habe: ein Stummel roten Lippenstifts, den sie auch im Lager immer bei sich trug. Seit dieser Reise war meine Mutter Zionistin. Jedes Jahr reiste sie ein bis zwei Mal nach Israel, manchmal auch ohne meinen Vater.

Ich war die älteste Tochter und dazu auserkoren, das geistige Erbe meiner Mutter anzutreten. Seit meinem fünfzehnten Lebensjahr tat ich es ihr gleich. Jedes Jahr nach Israel. In Kibbuzim und Moschavim musste ich arbeiten, während meiner Sommerferien. Ich sollte Zionistin werden. Meine Alijah, die endgültige Auswanderung nach Israel, war eine beschlossene Sache. Aber da tauchte, sozusagen in letzter Minute, mein zukünftiger Ehemann auf und bewahrte mich davor. Nur eine kurze dreimonatige Reise sollte es werden statt ein endgültiges Auswandern nach Israel. Immerhin habe ich in dieser Zeit Hebräisch für den Alltag gelernt, übrigens als einzige in der Familie. So konnte ich den Traum meiner Mutter nicht ausleben, und das hat sie sehr enttäuscht. 25 Jahre lang hatte ich andere Träume und lebte anders. Erst vor ein paar Jahren, bevor meine Mutter krank geworden ist, habe ich wieder eine Reise nach Israel gemacht. Zusammen mit ihr und meiner damals kleinen Tochter. Das war wichtig, wir drei Frauengenerationen zusammen an dem Ort, der uns verbindet. Er verbindet uns, obschon wir nie viel darüber gesprochen haben. Es ist einfach so. Meine Tochter fragte: »Wenn Großmutter Jüdin wird, bist du es dann auch und ich auch?« Sozusagen gratis, automatisch? Nein, so einfach geht das bei den Juden nicht, liebe Tochter.

Ionka erzählt

Irmgard

Unsere Mutter war völlig unerschrocken. Sie fürchtete sich vor gar nichts außer vor Spinnen, Reisen im Flugzeug und Wegen, die an steilen Abhängen entlangführten. Na ja, vielleicht noch vor der einen oder anderen unbedeutenden Kleinigkeit, aber was heißt das schon? Eben: Sie fürchtete sich wirklich vor gar nichts.

Als sie mit 19 Jahren meinen Vater bei der Firma Fries und Co. kennenlernte – und nicht nur ihn, sondern auch ihren späteren Mann, also ihre beiden Männer –, war sie schon aus dem BDM (Bund Deutscher Mädel, der Frauenorganisation in Nazideutschland) ausgetreten. »Die Singerei und das Gedrille waren mir einfach zu doof«, hatte sich als Zuschauerin lautstark empört, als nach der Reichspogromnacht unter dem Jubel der gaffenden Bevölkerung aus der Wohnung einer jüdischen Familie Haushaltsgegenstände aus dem Fenster geschmissen wurden: »Ich vergesse nie, wie die jüdische Frau sich verzweifelt die Haare gerauft hat«, hatte sich schicke, »richtig schicke« Klamotten genäht: »Das bieder deutsche Mädel wollte ich einfach nicht geben«, und war sicher, dass das Leben ihr trotz des verfluchten Krieges noch einiges zu bieten haben würde. Sie war unbekümmert, klug, aber auch naiv. Die Schule hatte sie nach den damals üblichen 8 Jahren Volksschule – immer als Klassenbeste – abgeschlossen. Die Handelsschule schmiss sie nach kurzer Zeit: »Steno und Schreibmaschine waren einfach nichts für mich.« Sie hatte sich auf einer Schauspielschule beworben, war dort zwar genommen worden, aber ohne Stipendium konnte ihre Familie sich das nicht leisten – aus der Traum, der doch so gut zu ihr gepasst hätte. Wie alle jungen Frauen musste sie kriegsbedingt Dienst tun, auf dem Fernmeldeamt. Das machte sie ganz gern, anders als die früheren Landeinsätze, zu denen sie als Schülerin während der Sommerferien geschickt wurde. Na ja, und dann bekam sie eine Stelle im Büro bei Fries und Co. Vali, der dort als technischer Zeichner arbeitete und nebenher auf der Abendschule seinen Ingenieur machte, hatte schon eine kommunistische Zelle gegründet, eine kleine Widerstandsgruppe. Er selbst hat das übrigens nie so genannt. Das war ihm viel zu heroisch.

Irmgard war eine wirkliche Schönheit, dunkelhaarig, schlank, ein ausdrucksstarkes ebenmäßiges Gesicht und wusste das auch in Szene zu setzen. Sie löste also männliche Begeisterung aus, als sie kam und wurde von Heinz – einem Freund und Kollegen meines Vaters – unter seine erotischen, von Vali unter die politischen Fittiche genommen. Ersteres lasse ich mal weg, auch wenn zu meinem Glück mein Bruder Rüdiger später das Ergebnis von Heinz' Bemühungen war.

Vali also erklärte Irmgard die Welt und traf auf offene Ohren und vor allem einen offenen Geist. Er gab ihr Marx zu lesen und traf auf großen Bildungshunger; er nahm sie mit zu den Treffen der Widerstandsgruppe – und traf auf Mut und Abenteuergeist. Unfassbar, aber alles ging gut. Ein paar Flugblätter entstanden und wurden verteilt und vor allem wurde intensiv diskutiert und Strategien für »die Zeit danach« entwickelt, wenn – davon waren alle überzeugt – endlich der Sozialismus in Deutschland Einzug halten würde.

Meine Mutter besuchte die Familie Senger in der Kaiserhofstraße. Hier ein kleiner Mischpoke-Exkurs: Einmal nahm sie ihre vier Jahre jüngere Schwester Karola mit dorthin. Die war damals 15 oder 16 Jahre alt und verliebte sich augenblicklich in Valis jüngeren Bruder Alex, der Ende 1944 – mit Vali und dem letzten Aufgebot – trotz Staatenlosigkeit eingezogen wurde und seit 1945 an der Ostfront verschollen ist. Die Familienlegende will, dass er beim Überlaufen zum »Feind« erschossen wurde – wer weiß, vielleicht war das ja wirklich so. Karola trauert bis heute – ja wirklich bis zum heutigen Tag – um Alex, mit dem sie doch nur wenige Wochen zusammen war.

Irmgard jedenfalls politisierte sich schnell und war in der Gruppe verankert. Gleichzeitig warb Heinz geduldig und erfolgreich um sie und als die beiden 1944 heirateten, war Vali Trauzeuge. Heinz hätte ihm lieber nicht trauen sollen.

Dann kam das Kriegsende, dann kam Heinz nach kurzer Kriegsgefangenschaft zurück, dann kam Rüdiger und dann merkte Irmgard, dass diese Ehe nicht das war, was sie vom Leben wollte.

Ein bisschen ausführlicher: Als das Kriegsende nahte, war Irmgard gerade in Sachsen bei ihrer Schwägerin und machte sich – als 20-Jährige – zu Fuß zurück auf den Weg nach Frankfurt. Währenddessen war der Krieg wirklich zu Ende, sie wurde erst von den russischen, dann von amerikanischen Befreiern überholt. Passiert ist ihr nichts. Im völlig zerbombten Frankfurt angekommen, fand sie ihre Familie dort nicht. Die war nach Battenberg (Eder) evakuiert worden, als sich die Bombenangriffe auf die Stadt häuften. Die Wohnung meiner Großeltern wurde insgesamt vier oder fünf Mal völlig zerstört. Irmgard also wanderte auch noch die 100 km nach Norden und dort traf sie dann ihre Eltern und Geschwister und kurze Zeit später auch ihren Ehemann. Dort kam ein Jahr später auch mein Bruder Rüdiger zur Welt. Wenn ich's richtig verstanden habe, hat sich sowohl einer der Assistenzärzte der Klinik in Irmgard verliebt und ihr Extrarationen zugeschustert als auch der örtliche Pfarrer, der ihr die Grundzüge von Latein beibrachte – ohne Quatsch! Sie konnte noch in hohem Alter zitieren: Tum cum Caesar in Gallia erat … Dass sie schon mit knapp 22 Mutter geworden war, beklagte sie immer. Ich glaube, Mutter sein war einfach nicht ihrs. Das betraf auch mich und meine Schwester Judith. Trotzdem war sie sehr zärtlich und gab uns, was sie halt konnte.

Als Heinz noch in Gefangenschaft war, Vali schon wieder in Frankfurt – er hatte seine drohende aktive Soldatenzeit mithilfe von Fleckfieber und langem Lazarettaufenthalt abwenden können –, besuchte unser Vater Irmgard in Battenberg. Damals haben sie sich wohl ineinander verliebt, denn Vali sagte am Ende seines Besuchs: »Wenn du hier wegwillst, kannst du jederzeit zu mir in die Kaiserhofstraße kommen.« War es bei diesem ersten Besuch, als Irmgard während eines Abendspaziergangs mit ihm eine Sternschnuppe sah und sich wünschte: »Mit diesem Mann will ich mein Leben verbringen«? Manchmal halten die Sterne, was sie versprechen: So kam's ja dann auch.

Also: Unsere wie gesagt völlig unerschrockene Mutter schnappte 1949 ihren 3-jährigen Sohn, ein paar Klamotten und verschwand aus Battenberg und aus Heinz' Leben, um in Frankfurt bei Vali aufzutauchen. Dort herrschte tiefe Trauer. Die Mutter Olga, Moissejs Ehefrau, war 1944 an Herzversagen gestorben und das jüngste Kind – mein Onkel Alex – wurde vermisst. Opa stand stunden-, tage-, wochen-, monatelang am Fenster und wartete auf ihn. Paula sah sich in Verantwortung für Vater und Bruder und dann kam Irmgard mit ihrem kleinen Sohn. Außer bei Vali hat das verständlicherweise keine Begeisterungsstürme ausgelöst. Als Irmgard dann auch noch sehr schnell mit mir schwanger wurde, drängte Paula sie zu einer Abtreibung. Aber außer fürchterlichen Blutungen passierte nichts, ich Fötus blieb einfach, wo ich war. Eine noch weniger amüsante Episode war, dass Irmgard während dieser Schwangerschaft schrecklich litt, bis zu 12 Mal am Tag kotzte und der arme Rüdiger deshalb in ein Heim abgeschoben wurde – noch nicht 4-jährig! Erklären kann ich mir das nur so, dass die 12 Jahre Nazizeit alle – Sengers und Irmgard – verroht hatten.

Meinen Namen – Ionka Tamara – verdanke ich erstens der mit mir schwangeren Irmgard, die sich an die kurze Liebesaffäre von Vali mit einer bulgarischen Frau Namens Ionka irgendwann während des Krieges erinnerte. Die beiden – also Irmgard und Vali – spazierten gerade an einem Laden mit einem Sonderverkauf bulgarischer Kleider in der Fressgass vorbei. Was sie da geritten hat, weiß ich nicht, aber beide fanden den Namen schön und so herrlich undeutsch. Und zweitens meinem Opa, denn sein Lieblingsname war halt Tamara.

Man kann feststellen: von jüdisch keine Spur. Übrigens war das einige Jahre später anders, denn meine Schwester heißt Judith.

Irmgard hatte noch keine Ahnung, welchen Ehemann sie sich da eigentlich geangelt hatte und was für eine Mischpoke die Sengers waren. Das stellte sich erst ein bisschen später heraus. Die ehemals überlebenswichtige Geheimhaltungsregel funktionierte noch immer, auch seiner sehr geliebten Ehefrau gegenüber. Wie sie den beschnittenen Penis von Vali ignorieren konnte, ist mir schleierhaft. Schließlich war es ja ihre zweite Ehe, unerfahren war sie also nicht mehr. Als mein Vater ihr dann so en passant sagte, dass er Jude sei, war ihre Reaktion nur: »Huch, ist der Opa dann auch Jude?« Erschrocken oder auch nur tief beeindruckt war sie davon nicht. Jetzt war sie erst mal viel zu beschäftigt damit, zusammen mit ihm die KPD wiederaufzubauen, Flugblätter vor Fabriktoren zu verteilen, den Kontakt zu den Altgenossen und Genossen im »Kamerun« genannten Teil des Frankfurter Gallusviertels aufzunehmen, einem reinen Arbeiterstadtteil mit ein paar Straßenzügen von »Asozialen«, und sich am beginnenden kulturellen Leben Frankfurts zu beteiligen. Irmgard und Vali waren begeisterte Theaterbesucher. Harry Buckwitz war damals Generalintendant in Frankfurt. Er holte Georg Solti an die Oper und konnte Bert Brecht überzeugen, seine »Mutter Courage und ihre Kinder« und »Der kaukasische Kreidekreis« in Frankfurt zu inszenieren.

Außerdem las Irmgard viel, sie fraß Bücher geradezu und hatte keinerlei Scheu, ihre Meinung zu Büchern, Inszenierungen, Menschen, Politik oder, was es sonst noch so gab, lautstark kundzutun. Unerschrocken eben. Auch dass sie zu Parteiversammlungen mit hohen Pumps, geschminkt und im Pelzmantel erschien, war für sie selbstverständlich, für die Genossen und vor allem für die Genossinnen aber ein Skandal. Der oft um Unscheinbarkeit bemühte Vali trug das alles mit, wenn auch manchmal etwas verschämt.

Sie blieb eine bekennende Sozialistin, auch als Vali nicht mehr politisch aktiv und auch politisch nur noch mäßig interessiert war. Typisch für sie ist folgende Situation: Als Vali durch sein Buch »Kaiserhofstraße 12« bekannt wurde, war er Gast bei der NDR-Talkshow »3 nach 9«. Günther Nenning moderierte die Sendung. Auf eine seiner Fragen distanzierte sich Vali deutlich von seiner kommunistischen Vergangenheit, was den lautstarken Protest Irmgards aus dem Publikum hervorrief. Sie wurde dann nach vorn geholt und konnte so ihre – sehr differenzierte – Meinung erläutern und Irmgard und Vali fingen vor laufenden Fernsehkameras an, das heftig zu diskutieren.

Irmgards Selbstverständnis als Ehefrau eines jüdischen Mannes wuchs im Laufe der Ehe. Am Anfang war es nicht so wichtig, auch wenn wir Kinder nicht zuletzt von ihr lernten, stolz darauf zu sein. Als Vali sich dann intensiver seinem Judentum zuwandte, tat das auch Irmgard. Die beiden recherchierten gemeinsam für Valis Bücher, traten auch zusammen bei Lesungen auf. Irmgard, die wie Vali Journalistin wurde, nahm sich des Themas der nach Israel emigrierten Frankfurter Juden an, lange bevor Vali seine autobiografischen Romane schrieb (er hatte vorher schon andere geschrieben). Die Leidenschaft, mit der die Politik Israels von unseren beiden Eltern verfolgt wurde, die große Enttäuschung nach der ersten Israelreise – pauschal zusammengefasst: total interessante Leute, herrliche Landschaft, entsetzlich chauvinistische Politik –, der mit zunehmender Verzweiflung verfolgte Umgang mit der arabischen Bevölkerung führte allerdings nie zu einer Infragestellung des Existenzrechts Israels. Da war ich schon radikaler. Irmgard, Vali und auch Paula tabuisierten niemals das Thema. Wie üblich in der Familie durfte alles ausgesprochen, heftig gestritten werden, aber es wurde niemals verboten, sich eine eigene Meinung zu bilden.

Neta-Paulina erzählt

Von Bauklotz-Mauern, Siddur-Abgucken und meiner Mama

»Wir werden Mauern aus Bauklötzen um die Hanukkiah bauen, sie sollen die Mauern in den Köpfen symbolisieren, die unsere Kinder aussperren.« Das schrieb meine Mama im Jahre 1996, das Jahr an dem in Berlin das erste Mal eine Hanukkiah neben dem Weihnachtsbaum aufgebaut werden sollte.

Eine Mauer aus Bauklötzen. Meine Mama war empört, traurig, verletzt aber am allermeisten war sie wütend, denn ihr Kind, eine stolze kleine Israelin, konnte bald nicht mehr in die jüdische Schule gehen. Ihr Kind, das allen, denen es begegnete, als Erstes erzählte, dass der Papa Israeli ist und jüdisch und sie natürlich auch! Das lieber Hebräisch sang und schrieb als Deutsch. »Hebräisch hat Neta gut gelernt dieses Jahr, aber im Deutschen hat sie noch immer Schwierigkeiten«, so stand es auf meinem Zeugnis. Dieses Kind sollte nun nicht »jüdisch genug sein«, man müsse das Schulgeld erhöhen und irgendwie war das ihre Schuld. Wäre sie Jüdin, dann würde man ihrem Kind nicht die jüdische Identität aberkennen. Dann könnte sie sich das Schulgeld leisten.

Ich habe das damals nicht verstanden. Für mich war jüdisch sein von klein auf selbstverständlich. Und Israelin war ich auch. Mein Vater kam von weit her, von wo ganz anders! Naja, eigentlich nicht, denn er war 1938 in Breslau geboren und nur über Umwege 1961 nach Israel emigriert. Also war er eigentlich ein »Jecke«, von Nazis vertrieben. Aber für mich war mein Vater ein Israeli, durch und durch. Und Mama war Deutsche. Und ich? Eben halb, halb. Aber Mama war eigentlich mehr jüdisch als mein Vater, denn der war ja nicht da. Es waren immer Mama und ich, und der Israeli in der Ferne. Mama ging mit mir in die Synagoge, kaufte eine Menora und eine Chanukkia, lernte die Schabbat-Gebete und konnte den Siddur so gut lesen, dass die Damen in der Synagoge in der Pestalozzistraße ihr über die Schulter guckten, um zu sehen, wo wir denn nun waren.

Während mein Vater durch Abwesenheit glänzte, war meine Mama beides. Mama und Papa. Zeigte mir jüdische Traditionen, sang mir hebräische Kinderlieder vor. Erst Jahre später lernte ich, dass sie halb Quatsch sang, sich nur an die Laute erinnerte und sich die Worte ausdachte, wenn sie den Text vergaß. Egal, sie probierte es zumindest und der Klang der Sprache war mir von klein auf vertraut und ob Wind nun »Ruach« oder »Luach« heißt, alles halb so wild. Kurzum, mein Vater hatte also nichts zu meinem Jüdischsein hinzugefügt, außer eben dem Genpool – und nicht mal das ausreichend. Denn, wie ich nun erfuhr, und mit 12 zur Bat-Mizwa-Zeit wieder, war ich ja »nur« Vaterjüdin. Also, eigentlich nicht Jüdin. Eigentlich nicht mal Teil der Gemeinde. Und meine Mama? Die Frau, die die Siddur-Seiten in die Reihe flüsterte und die Gebete auswendig konnte? Bei der war es nicht mal ein »eigentlich«. Die gehörte gar nicht dazu. Denn meine Mama ist nicht jüdisch. Meine Mama ist eine christliche Deutsche, noch dazu blond und blauäugig – eine »Schickse«. Eine Schickse, die

Rabbi N. einen Brief geschrieben hat, in dem sie Vandalismus androht, mit Bauklötzen eine Mauer zu bauen, um den Chanukka-Leuchter, der dieses Jahr das erste Mal neben dem Weihnachtsbaum stehen soll.

Und wenn Sie jetzt denken, das war nur bildlich gesprochen, die Dame war eben wütend, dann haben sie nur halb recht. Denn meine Mama hat Chuzpe! Ich sehe sie vor meinem inneren Auge, wie sie mit bunten Bauklötzen eine Mauer zwischen Weihnachtsbaum und dem Chanukka-Leuchter baut. Wie sie den Menschen erklärt, dass dies doch nur konsequent sei, wenn man säuberlich im Kopf trennen möchte. Es kam nicht dazu. Stattdessen traf meine Mutter Rabbi N. persönlich, stritt sich mit ihm vor zwei Zeuginnen, die, denke ich, besser als der Rebbe verstanden, mit wem sie es hier zu tun hatten. Meine Mutter war nie jüdisch, sie wollte es auch nie sein. Aber ihre Tochter war es und das machte sie zu einer jüdischen Mama. Und mit denen legt man sich besser nicht an. Sie beißen einem dem Kopf ab, ob man Rebbe ist oder nicht. Die Zeuginnen, zwei ältere Gemeindemitglieder, umarmten meine Mutter nach dem Termin. Sie hatten begriffen, dass meine Mutter für mich kämpfte, für die Anerkennung meiner gewählten Identität. Ich durfte weiter in die jüdische Schule gehen. Zu einem Preis, den meine Mutter sich leisten konnte.

Kirsten erzählt

Hellfried kam, sah und siegte. Sogar heute ist meine Mutter – Helga – noch manchmal überrascht, dass jemand sie so erobern konnte. Sie gingen aus und schon nach der ersten Verabredung wusste sie, dass er der Mann war, mit dem sie ihr Leben verbringen wollte. Dass er Jude war, sagte er ihr relativ früh in der Beziehung – das war nicht wichtig. Helga war neun Jahre jünger als er und vom Nationalsozialismus nicht vergiftet – sonst hätte es mit Hellfried wohl auch nicht funktioniert. Meiner Oma war das auch nicht wichtig, da war es schon irritierender, dass er Engländer war.

Während uns mein Vater mit den verschiedenen Sportarten bekannt machte, war meine Mutter diejenige, die uns Bücher und das Lesen näherbrachte. Sie selbst verschlingt heute noch Bücher über Bücher. Über Kindertransporte hat sie sicher fast alles gelesen, was es dazu an Literatur gibt. Aber auch ihre eigene Fluchtgeschichte arbeitet sie durch das Lesen auf. Hellfried dagegen war kein Leser – außer vielleicht mal ein Grisham oder Wouk – auf Englisch natürlich. Was? Es soll daran gelegen haben, dass er ein Mann war und Männer nun mal nicht gern lesen? Na, ihr kennt da meinen Mann nicht …

Als Hellfried dann in Rente war, hat Helga am Frühstückstisch die Tagebücher von Victor Klemperer vorgelesen. Victor Klemperer lebte in Dresden, in, wie man so sagte, »einer privilegierten Ehe«, genau wie Kurt. Einmal erwähnt Victor Klemperer, dass man Kurt abgeholt hat. Man war also in »privilegierten Ehen« nicht sicher.

Ich stritt mich von uns Geschwistern am meisten mit meiner Mutter. Meine Brüder sind da eher meinem Vater ähnlich: Sie sagten nichts oder verzogen sich. Ich bot meiner Mutter die Stirn, womit ich eigentlich bewies, dass ich ihr sehr ähnlich war, denn auch sie sagt immer ihre Meinung. Gleichzeitig regte mich das auf: Ich wollte gar nicht streiten, mir aber auch nichts gefallen lassen. Warum konnte ich nicht meinen Mund halten und genauso gelassen sein wie mein Vater und meine Brüder? So schaukelten wir uns gegenseitig hoch, es kam zum »Vulkanausbruch« und danach war es wieder gut. Das ist nicht wirklich deutsch, zumindest kenne ich keine Mutter, die so ist. Ich glaube, mein Vater wusste, dass sie auch in der Zeit nach 1933 ihre Meinung geäußert hätte.

Nur bezüglich Antisemitismus und sozialen Ungerechtigkeiten gab es zwischen uns nie Streit. Sie hat uns zum Beispiel immer wieder gesagt, dass Reinigungskräfte genauso viel Respekt verdienen wie die Chefs. Wir sollten immer höflich sein, sie nicht übersehen, grüßen und auch mal ein Schwätzchen halten. Ihren Schwiegervater, den sie nie kennenlernte, da er in Ausschwitz umgebracht wurde, hat sie für seine SPD-Tätigkeiten und seinen Einsatz für Benachteiligte bewundert und sein Andenken bei uns Kindern immer hochgehalten.

Religion? Ja, meine Mutter ist christlich, aber erzogen hat sie uns ohne großes Beten und Tralala, daher sage ich auch, dass ich eher humanistisch erzogen wurde. Der Mensch war immer wichtiger als Gott – Jesus – ein Gott? Nein, Gott war Gott. Punkt. Daher war es für sie nie ein Problem, dass Hellfried Jude war, denn Jesus war doch auch Jude.

Hochzeit von Dorothea und David Zeifert (1961)

Sophie Weil (1959)

Irmgard Senger (1949)

Die Mischpoke – sofern sie überlebt hat

Ruth erzählt

Mein Großvater ist im Krieg gestorben. Da meine Großmutter Epilepsie hatte, zog ihre Schwester bei ihr ein. Die Tante half der Oma fortan die Kinder großzuziehen. Oma und Tante, das war meine engste Familie. Meine Mutter arbeitete, mein Vater selbstverständlich auch. Da kamen Oma und Tante ins Haus, jeden Tag!

Die Tante hatte ganz klar die Hosen an. Sie war eine kluge Frau, die den Haushalt fest im Griff hatte. Es wurde gekocht, geputzt und vorm Schlafengehen schon mal gebetet. Und das Essen! Der ganzen Familie läuft heute noch das Wasser im Mund zusammen, wenn wir an die Rouladen oder die Schwarzwälder Kirschtorte der Tante denken. Wir haben viel gelacht und sie hat viel geschimpft.

Tante und Oma waren immer für uns da und wir für sie. Eine wahre Mischpoke: durch dick und dünn, mit viel Humor und manchmal auch nervig. Nur, dass Tante und Oma meine nichtjüdische, deutsche Familie sind. Ich hatte ja quasi nur die eine Seite.

Die eigentliche jüdische Mischpoche lebte (und lebt zum Teil) in Israel. Meine Großeltern und meine Tante waren 1933 rechtzeitig aus Danzig dorthin geflohen. Onkel Israel, der Bruder meiner Großmutter, lebte auch in Israel, aber der hatte eine Nummer auf dem Unterarm.

Immer mal wieder fuhren wir nach Israel. Natürlich, um die Familie zu besuchen, aber meist auch, um im Land zu reisen. Den Mezzada hoch (hinten rum), im Jam haMelach die Füße hoch (im Nobelhotel), in Akko auf der Zitadelle spazieren (ohne reinzufallen). Zwischendrin mit meinem Papa in den lässigen Bermudas und dem

Kova Tembel auf dem Kopf viel vom Falafelstand essen. Noch ein bisschen davon, noch ein bisschen davon. So war das.

Die Mischpoke in Israel war schwer zu besuchen. Eine lange Reise, viel Geld, Vorbereitungen, um kofferweise unnütze, nach dortiger Tradition aber notwendige Geschenke mitzubringen. Und dort? Viel Streit, viel Lachen und viel gutes Essen. Und die kleinen Wohnungen. Meine Großmutter im »Kittelschürtz«, ein großer Fisch in der Badewanne. Mein Großvater im Garten des Sechsfamilienhauses mit Kräutern und dem Zitronenbaum. Schön warm und staubig war das! Ich und mein Bruder beim Spielen, mit allen Nachbarkindern, die es gab. Bei Fragen mussten wir immer schnell zu meinem Vater sausen: »Was sagt sie?« und »Papa, kannst du dem mal sagen, dass …« An Pessach dann auch noch das größte Unglück: Über mein schönes weißes Kleid schütte ich mir den dunkelroten, erstmals erlaubten Wein.

Laut, staubig, lustig und abenteuerlich war's immer. Und meine Tante, die meinem Vater so ähnlich ist, redete immer so lustig. Jiddisch, Deutsch, Hebräisch und manchmal Englisch.

Ich habe sie im Ohr, die Stimme meiner heute Mitte 80-jährigen israelischen Tante, wenn sie sich auch heute noch über einen Anruf freut und mit ihrer fröhlichen, jungen Stimme »Rittele« zu mir sagt, wie es niemand sonst tut. Meine alte deutsche Tante, die vor über 35 Jahren mit Mitte 80 leider verstorben ist, habe ich aber auch immer noch im Ohr, wenn sie streng »Ruth!« ruft – mit einem Schmatzen, aufgrund ihres sich wiederholt lösenden Gebisses. Denke ich daran, sitze ich gleich aufrecht.

Regula erzählt

Die Mischpoche heißt natürlich nur beim Vater so. Die Familie der Mutter kennt dieses Wort nicht. Die Mischpoche bestand aus jiddisch sprechenden Tanten, die sonst nicht viel taten, was jüdisch war. Die Großmama bewahrte die Tradition ihres früh verstorbenen Gatten, indem sie einen Platz in der Synagoge bezahlte und da auch ab und zu hinging. Mehr gibt es nicht zu sagen. Eine Verbindung der beiden Familien, also derjenigen meiner Mutter und derjenigen meines Vaters, gab es kaum. Entweder war ich bei der Großmutter, der Frauenrechtskämpferin, oder bei Großmama, der bürgerlichen jüdischen Geschäftsfrau. Sehr weit auseinander lagen diese Welten. Nur die gemeinsame traumatische Erfahrung des Krieges machte es überhaupt möglich, dass mein Vater als Schwiegersohn akzeptiert wurde. Ein Jude als Schwiegersohn war okay.

In Ermangelung einer richtigen Mischpoche wurde ich manchmal an hohen Feiertagen zum Rabbiner eingeladen. Das war noch eine richtige Familie dort, nicht so etwas Halbbatziges wie bei uns. Dort wurde richtig gebetet, richtig gegessen, richtig feierlich miteinander umgegangen. Und ich armes Halbjüdlein wurde aufgenommen in diesem jüdischen Familienkreis, wenigstens einen Abend lang. Denn: Wer nicht weiß, was eine Mischpoche ist, kann auch kein Jude sein. Es ist wichtig für die Juden, eine Mizwe (gute Tat) zu vollbringen und das war ganz bestimmt eine. Ich habe mich immer ein wenig geschämt dort. Dass ich keine Mischpoche habe. Aber ich habe einen Bruder und eine Schwester, die das gleiche Schicksal mit mir teilen. Sie wurden nicht auserwählt, das Erbe weiter zu pflegen, im Gegensatz zu mir. Warum weiß niemand. Sie waren doch auch im Religionsunterricht und wurden von meinen Eltern auch mitgenommen nach Israel. Meine beiden Geschwister haben sich endgültig vom Judentum abgewandt und empfinden nur Abscheu, wenn sie an die erfahrene Ausgrenzung denken. Ich habe sie beide auch interviewt (siehe S. 125 ff.).

Heute habe ich meine eigene Kleinfamilie. Von Mischpoche kann auch keine Rede sein, denn das verzweigt sich ja großräumig in alle Richtungen. Es gibt eine Cousine, die Tochter meiner jiddisch sprechenden Tante, die zwar richtig jüdisch ist, sich jedoch höchstens noch ein bisschen jüdisch fühlt. Die andere Tante blieb kinderlos und so ist diese vaterjüdische Mischpoche praktisch ausgestorben. Wenn es mich nicht gäbe. Aber das zählt ja nicht. Meine Kleinfamilie besteht aus Vater, Mutter (ich) und Tochter (inzwischen erwachsen). Klar ist: Es spielt schon eine Rolle, wo ich herkomme. Wenn ich an Chanukka die Kerzen anzünde und Maoz Zur, das traditionelle Lied, singe, sagt meine Tochter: Das ist jetzt wirklich nicht nötig, Mama.

Meine kleine Mischpoche

Wir sind eine kleine Mischpoche. Eine Kleinfamilie. Vater, Mutter, Kind. Wie die Heilige Familie. Maria, Josef und das Jesuskind. Wir heißen Regula, Ueli und das Lucie-Kind. Kleiner geht es nicht. Diese Innigkeit hat auch ihre Tücken, davon braucht hier jedoch nicht die Rede zu sein. Maria hatte es auch nicht immer einfach mit ihrem hochbegabten Sohn, ihrem Mann Josef und dem Heiligen Geist.

Wir waren innig verbunden, als das Lucie-Kind klein war. Jetzt ist das Kind kein Kind mehr, sondern erwachsen und selbstständig und denkt auch selbst nach über ihre Herkunft. Ich habe meine Tochter nicht jüdisch erzogen. Aber wir waren ein paar Mal zusammen in Israel. Das erste Mal, als sie noch klein war, zusammen mit meiner Mutter. Also drei Generationen, Großmutter (nichtjüdische Zionistin), Mutter (ich: Vaterjüdin), Tochter (ja, was ist sie denn?). Das zweite Mal als Kleinfamilie, also Vater, Mutter, Kind. Das dritte Mal waren es nur wir zwei, Mutter und Tochter, Lucie schon eine junge Frau, die immer wieder nach Tel Aviv will. Als meine Tochter ins Tätowierungsalter kam, sagte ich zu ihr, sie dürfe sich nicht tätowieren, das sei bei uns Juden verboten. Als wir in Tel Aviv waren, sah sie all diese Tätowierten und die unzähligen Tattoo-Studios. Mittlerweile ist sie genauso tätowiert wie alle Jungen und wie viele junge Menschen in Tel Aviv.

Mein Mann ist bis heute mein bester Freund, der einzige Goj, der mich versteht mit meinem Judentum. Er verteidigt mich, wenn es nötig wird, das heißt, wenn Leute unangenehm werden und ich mich aufzuregen beginne. Dann übernimmt er und zieht mich aus der Schusslinie. Aber es war ein langer Weg dahin. Als ich ihn erst kurz kannte, verreiste ich nach Israel, um Hebräisch zu lernen. Es war vereinbart, dass er mich dort später besuchen kommen sollte. Ich war in einer frommen Frauen-WG untergebracht und musste mich streng an alle halachischen Gesetze halten. Als das Telefon an einem Schabbat klingelte, wusste ich sofort, dass es nur mein Freund sein konnte, denn die frommen jüdischen Mädchen hatten keine Bekannten, die um diese Zeit anrufen (es ist ja verboten). Nach einigem Zögern und höflich um Erlaubnis bittend, habe ich den Hörer unter den missbilligenden Blicken meiner Mitbewohnerinnen abgehoben. Natürlich war es Ueli. Er teilte mir mit (und dies an einem Schabbes!), dass er beabsichtige, nach Amerika zu reisen, anstatt mich in Israel zu besuchen. Dieses Land interessiere ihn gar nicht. Nach einigen Turbulenzen hat er sich dann aber doch mehr für mich als für Amerika interessiert und ist nach Israel gekommen. Uff … Endlich im Land, Haaretz, galt es weitere Klippen zu umschiffen. Am Jom Hashoah heulten die Sirenen und alles bleibt still im Gedenken an die Opfer der Shoa. Das geschah, als ich mit ihm auf der Straße draußen unterwegs war. Ich hatte ihn nicht vorbereitet und so marschierte er fröhlich weiter, während die Leute aus ihren Autos stiegen und stehen blieben. Es war mir peinlich. Dann kam Pessach in Jerusalem, wo es nun wirklich kein Krümelchen Brot zu kaufen gibt und ich ihm diese staubtrockenen Mazzen schmackhaft machen sollte. Außerdem kein Bier weit und breit und damals nicht einmal ein Restaurant offen am Sederabend. Verzweifelt versuchte ich, meinen zukünftigen Mann milde zu stimmen, und wies auf das kulturelle Erbe hin. Das war ihm piepegal, er hatte Durst, Hunger und wollte keine Mazzen essen. Schließlich gelang es uns, in einem versteckten Hinterhof bei Arabern etwas zu essen zu finden. Sehr lecker grillierten sie dort! Bier gab es dort allerdings auch keines. Im chinesischen Restaurant, ein paar Tage später, war es nicht viel besser. Als wir Ente bestellten, bekamen wir ein Hühnchen vorgesetzt. Als ich reklamierte sagten sie: »That's because of your fiest.« Aber wir sind ja gar keine Juden. Wir bekommen im gelobten Land aber an Pessach trotzdem keine chinesische Ente.

Als mein Zukünftiger bei meinen Eltern eingeladen wurde und dort ein Jude zugegen war, fragte dieser zuerst: Bist du einer von uns? Meine Güte, das bekomme ich noch heute zu hören, das hat er bis jetzt nicht wirklich verdaut. Ironischerweise waren wir ja auch nicht richtige solche. Bis Ueli diese Zusammenhänge verstand, sollte es jedoch noch etliche Jahre dauern. Heute ist alles klar. Heute ist alles geklärt. Israel interessiert ihn als Reiseziel immer noch nicht heftig, meine Zwischenidentität ist vollkommen normal und wird verteidigt, wann immer nötig. Wir unterstützen Israel, wenn es geht, wir diskutieren mit Lucie, wenn sie sich über meine, wie sie sagt, einseitige Haltung aufregt, Ueli vermittelt und kennt beide Seiten sehr gut.

Ionka erzählt

Meine Geschwister

Ich habe einen vier Jahre älteren Bruder, Rüdiger, und eine acht Jahre jüngere Schwester, Judith. Beide liebe ich sehr, beide sind sehr unterschiedlich und beide ganz tolle Menschen. Beiden fühle ich mich eng verbunden, aber ich erspare ihnen, von mir in diesem Buch beschrieben zu werden. Und damit erspare ich mir natürlich allen möglichen Zores (das ist ein jiddisches Wort aus dem Familienwortschatz). Aber wer Judith ein bisschen kennenlernen will, kann das ab Seite 154 tun, da findet ihr mein Interview mit ihr.

Paula

Kennt ihr die Tante Jolesch? Die aus dem gleichnamigen Buch von Torberg (1975)? Vergesst sie. Sie kann unserer Tante Paula – Valis Schwester – nicht das Wasser reichen.

Paula, Valis Schwester, war der heimliche Mittelpunkt unserer Familie – von uns allen heiß geliebt und ein bisschen belächelt. Auf jeden Fall völlig unterschätzt: mit ihrem ungeheuren Witz, ihrem selbstverständlichen Jüdischsein, ihrem scharfen Verstand, ihrer wunderbaren Ausdrucksfähigkeit, ihrer hingebungsvollen Liebe zu jedem einzelnen Mitglied der Senger-Mischpoke und allen eingeschleppten Anhängseln. Und sie selbst hat sich ebenfalls völlig unterschätzt.

Jeder, der sie kannte, bekommt ein Lächeln ins Gesicht, wenn die Sprache auf Paula kommt, und hat sofort eine Geschichte zu ihr parat. Ihre Präsenz war unauffällig und gleichzeitig überwältigend. Sie stand scheinbar immer am Rand von Gesellschaften, war aber die, an die sich später alle erinnerten. Sie hat sich im Laufe der Zeit mit jedem von uns angelegt, auch lautstark und unerbittlich. Aber das konnte sie sich leisten, weil wir gespürt haben, dass das ihre Liebe zu uns und unsere zu ihr nie infrage gestellt hat.

Paula hatte einen unmittelbareren Zugang zu ihrem Jüdischsein als ihr Bruder: Sie versuchte schon Anfang der 1950er-Jahre in die jüdische Gemeinde einzutreten, konnte aber offenbar keinen überzeugenden Anti-Ariernachweis vorlegen, sie wurde also nicht aufgenommen. Erstaunlicherweise wurde das in der Familie nicht verbittert, sondern eher ironisch-überheblich kommentiert. Mein Verdacht war immer, dass kommunistische Juden der Gemeinde eben nicht willkommen waren. Später suchte sie gezielt nach einem jüdischen Mann in einem jüdischen Wochenblatt – sie fand da zwar einen guten Freund, aber trotz beiderseitigem Bemühen wurde kein (Ehe-)Mann daraus. Ihr Narrativ über die Zeit des Nationalsozialismus war deutlich stärker durch die Bedrohung als jüdische Familie geprägt als durch die kommunistische Identität. Wenn irgendwelche Christen in missionarischer Absicht an ihrer Tür klingelten, verwickelte sie sie sofort in eine aggressive Diskussion: »Wo war denn euer Gott, als Millionen Menschen im KZ umkamen?!« Obgleich sie anfangs zu ängstlich war, ihr Judentum öffentlich zu machen, und sich später als zu unbedeutend empfand, um als Zeitzeugin in Schulen aufzutreten, lebte sie ihren Zeitzeugenstatus im Privaten jederzeit. Mit dem Gedicht »Wir sind die Letzten« von Hans Sahl war sie hoch identifiziert. Typisch für Paula: Als der Vorschlag gemacht wurde, ihr die Johanna-Kirchner-Medaille für ihren Widerstand in der Nazizeit zu überreichen, lehnte sie entschieden ab. Ganz andere müssten diese Auszeichnung erhalten, sie habe gar nichts geleistet. Dabei war sie in derselben Widerstandsgruppe wie ihr Bruder.

Paula war ein Freigeist. Sie trat aus der KPD aus, als sie ungerechtfertigterweise – wegen abweichender Meinung – zu parteiöffentlicher Selbstkritik aufgefordert wurde, obgleich sie damit ihren Job beim »Kulturbund«, einer Unterorganisation der KPD, verlor. Sie traute sich früher als Vali, den Antisemitismus im real existierenden Sozialismus, vor allem in der Sowjetunion, zu benennen. Von ihr erfuhr ich, dass bei den Moskauer Schauprozessen besonders viele Juden auf der Anklagebank saßen – und später hingerichtet wurden – und dass Stalin 1953 jüdische Ärzte des Hochverrats angeklagt hatte und sie dann hat hinrichten lassen.

Als ihr Bruder seine »Kaiserhofstraße 12« geschrieben hatte, lehnte sie es zunächst strikt ab, das Buch zu lesen, fand, dass es »a Gojim Naches« sei, sich so zu offenbaren – viel zu gefährlich und wen interessiert das schon. Dann jedoch wurde sie zum glühenden Fan. Wann immer sich Gelegenheit bot, verschenkte sie das Buch: ihren behandelnden Ärzten, dem Geschäftsführer der Wohnungsbaugesellschaft, bei der sie Mieterin war, der Friseurin … und immer mit den Worten: »Lesen Sie das – so war das damals, das ist die reine Wahrheit.«

In ihrer kleinen Wohnung hatte sie diverse Menoras und Chanukka-Leuchter, eine Mesusa hing an der Tür, ein Ölgemälde, das einen orthodoxen Juden beim Beten zeigt, an der Wand. Für sie war jüdisch sein selbstverständlich und ebenso selbstverständlich war es, nicht gläubig zu sein. Die rituellen Gegenstände bezeugten ihre Wurzeln und hatten auch ein bisschen Folklore-Charakter. Das meiste was wir an jiddischen Begriffen in der Familie benutzen, was wir an jüdischen Witzen kennenlernten und weitererzählten und – bis zur Veröffentlichung der »Kaiserhofstraße 12« im Jahre 1978 – das meiste, was wir über die Vergangenheit der Familie Senger/Rabisanowitsch wussten, erfuhren wir von ihr. Zu Sengers wurden meine Großeltern erst, als sie nach Deutschland kamen. Der Namenswechsel sollte die Untergrundarbeit für die Bolschewiken erleichtern, verhindern, dass die zaristische Polizei von Opas Aktivitäten erfuhr. Denn wie (fast) alle Emigranten dieser Welt dachten sie, dass sie eines Tages in ihre Heimat zurückkehren könnten.

Zu den Witzen ist zu erwähnen, dass unsere Tante selten einen zu Ende erzählen konnte, weil sie mittendrin so furchtbar zu lachen anfing – und uns, ihr Publikum damit unwiderstehlich ansteckte –, dass sie einfach nicht bis zur Pointe kam.

Paula war übrigens auch diejenige, die die der Vergasung entgangenen Reste der Familie suchte und ausfindig machte: eine Nichte ihrer Mutter, also ihre Cousine, und deren Tochter, die ich später kennenlernte, überlebten das KZ – war es Auschwitz? –, einen Cousin gab es in Warschau, von dem ich nur weiß, dass sie sich dort einmal mit ihm getroffen hat und in der Synagoge gemeinsam mit ihm nach den Namen ermordeter Verwandten gesucht hat. Ich glaube, das war es schon, denn alle, die in Nikolajew am Schwarzen Meer oder sonst wo in der Gegend geblieben waren, wurden von den Nazis umgebracht. Nicht einmal der Name Rabisanowitsch selbst hat überlebt: Er findet sich in keiner Akte, auf keinem Grabstein mehr. Wie bei Vali frage ich mich auch bei Paula: Wie konnte ihr jüdischer Witz so ungebrochen überleben? Na klar weiß ich, dass die jahrhundertelangen Verfolgungen die eigentliche Quelle dieses jüdischen Witzes sind, aber ich verstehe es trotzdem nicht. Wie konnte sie ihre Liebesfähigkeit erhalten? Neben der Familie und eher schwierigen, weil oft traumatisierten Freundinnen gab es eine ganze Phalanx von Männern, einer von ihnen, wahrlich nicht der geeignetste, wurde für kurze Zeit ihr Ehemann.

Dazu eine Geschichte, auf die ich ziemlich stolz bin. Durch die Eheschließung verlor Paula ihren Nachnamen – Senger – und obgleich die Ehe wirklich ein einziges Desaster war, bekam sie es über Jahrzehnte nicht hin, diesen Ehenamen wieder abzulegen, sprach aber oft davon, wie wichtig ihr das wäre. Als sie schon ziemlich alt war – so um die 80 Jahre – erwähnte sie immer wieder, wie gern sie auf ihrem Grabstein ihren »eigentlichen« Namen stehen hätte. Da setzte ich mich eines Tages mit dem Frankfurter Standesamt in Verbindung, erwischte einen freundlichen Standesbeamten, dem ich erklärte, eine alte Tante zu haben, die so gern ihren Geburtsnamen wiederhätte, und fragte ihn, was ich tun könne, ihr das zu ermöglichen. Wir kamen überein, dass sie noch am selben Vormittag mit ihrer Geburts- und ihrer Scheidungsurkunde zu ihm kommen solle und dann werde sie als Paula Senger – genauer: Esther Pauola Senger (ja, die Schreibweise ist die aus ihrer Geburtsurkunde, ehrlich!) – nach Hause gehen. Paula brauchte üblicherweise und im Alter schon mal ganz und gar für alles einen langen Vorlauf. Um zu verhindern, dass sie die Angelegenheit verkomplizierte, rief ich sie an, bestellte für 30 Minuten später ein Taxi zu ihrer Wohnung und teilte ihr mit, der Standesbeamte erwarte sie in genau einer Stunde, um die Namensfrage zu regeln. Dass sie die erforderlichen Unterlagen, ordentlich wie sie war, griffbereit hatte, wusste ich natürlich. Paula kam tatsächlich nach einer Stunde sehr glücklich und mit Geburtsnamen aus dem Frankfurter Römer. Es war nicht nur eine Rückkehr zu ihrem Namen, sondern auch ein weiteres Fanal für ihre Jüdischkeit, denn zu diesem Zeitpunkt war ihr Bruder schon als Jude unter dem Namen Senger in Frankfurt bekannt und Paula damit erkennbar dessen jüdische Schwester.

Erstaunlicherweise waren ihre Israelreisen zwischen mir und ihr nur ganz am Rande Thema. Der Chanukka-Leuchter, den ich bei mir stehen habe, stammt von dort, auch Schmuck – jemenitischer und anderer – und das Kästen mit den Ex-Libris-Aufklebern, die Jerusalem zeigen und die ich als Lesezeichen benutze. Einmal bei einer gemeinsamen Autofahrt betonte sie vehement das Recht der Juden auf einen eigenen Staat gegenüber mir Israelkritischer, hatte aber selbst nie Auswanderungsideen. Das Wort »Alijah« habe ich erst viel später kennengelernt.

Um Paula aus diesen Aufzeichnungen zu verabschieden, ein – irgendwann einmal sogar bis zur Pointe erzählter – Witz: Kommt ein frisch eingewanderter Ostjude in New York auf den Markt und verlangt in holprigem Englisch Orangen. Fragt der Verkäufer: »Juice or not?« Stöhnt der Jude »Geht das hier auch schon los!«

Sarah erzählt

Aus einem Mailwechsel mit ihrer Tante

> Liebe Bella,
> ich habe Dir den Link zum Pro- & Contra-Artikel über die Teilnahme von patrilinearen Juden* an Machanot geschickt.[5] Du fandest ihn (also, den zweiten Teil) paternalistisch und hast gefragt, ob ich einen Leserinnenbrief dazu schreibe.
> Daraufhin haben wir beschlossen, ein E-Mail-Gespräch zu führen und an die Zeitung zu schicken.
> Was hat Dich genau gestört?
> Deine Nichte, Sarah

> Liebe Sarah,
> ich war in den 60er-Jahren selbst auf vielen Machanot, und die Mehrzahl der Kinder und Jugendlichen in unserer kleinen jüdischen Gemeinde stammte aus »gemischten« Familien, bei denen IMMER ein jüdischer Mann eine nichtjüdische Frau geheiratet hatte. Ohne diese Vaterjuden hätte es um den Nachwuchs äußerst traurig ausgesehen!

5 Artikel »Sollen ›Vaterjuden‹ mit auf Machane?« von Ruth Zeifert und Yossi Dobrovych, Jüdische Allgemeine, 23.04.2018: https://www.juedische-allgemeine.de/religion/sollen-vaterjuden-mit-auf-machane/ (Zugriff am 17.05.2021).

Davon ausgehend vermute ich, dass auch an den Machanot viele Vaterjuden teilnahmen, ohne dass es je thematisiert wurde. Wahrscheinlich konnte man sich das gar nicht leisten, damals.
Was mich stört, ist sowohl das Wort »Inklusion«, das heute eindeutig für Menschen mit »Behinderungen« verwendet wird: Fallen Vaterjuden für Yossi Dobrovych in diese Kategorie?
Falls ja, verstehe ich wenigstens leichter den paternalistischen »Beschützerinstinkt« des Autors (das ist das Zweite, was mich stört), der diese Personengruppe lieber ganz ausschließen möchte, als sie selbst über den Umgang mit ihrer »besonderen« Situation entscheiden zu lassen, um ihnen »Ablehnung« zu ersparen.
Wie hast Du Dich denn gefühlt, als Du als ca. Zwölfjährige nach zweijähriger Mitgliedschaft in der jüdischen Gemeinde und Teilnahme am Religionsunterricht und anderen Gruppen dort plötzlich nicht zum Machaneh mitfahren durftest, weil Du »nur« Vaterjüdin bist?

Guten Morgen, Bella,
wenn ich mich richtig erinnere, war ich zehn, höchstens elf Jahre alt. Ich weiß nicht mehr genau, wie ich mich gefühlt habe, aber gut auf keinen Fall. Ich hatte mit den Machanot die Hoffnung verbunden, mich damit mit der Geschichte der Familie meines Vaters zu verbinden. Eure Eltern – meine Großeltern – habe ich ja nicht mehr kennengelernt, und ansonsten ist in Deutschland niemand geblieben. Vielleicht auch deshalb erschienen mir die Ferienlager, von denen Du und auch mein Vater als Kindheitserinnerungen erzählt habt, als eine Möglichkeit zu lernen, was es für Euch bedeutet hat, zusammen mit anderen jüdisch, Teil einer jüdischen Gemeinschaft zu sein.
Ich weiß nicht, wie alt Yossi Dobrovychs Schwester ist; ich hätte damals die Halacha auch in Bezug auf Patrilinearität gut verstanden, wenn es mir jemand erklärt hätte. Dass ich irgendwie nicht so jüdisch war wie manche andere, hatte ich ohnehin mitbekommen. So blieb das Konzept vage; ich habe verstanden, dass meine Mutter hätte konvertieren sollen, damit wir – meine Schwester und ich – wie andere Kinder aus eigentlich »gemischten« Familien hätten mitfahren dürfen. Ob und wie ich selbst hätte konvertieren können, war überhaupt kein Thema. Die vage Hoffnung, irgendwann

trotz dieser Komplikationen noch Bat Mitzwa zu machen, war auf einmal vom Tisch.
In den frühen 90ern war das alles noch nicht so Thema wie heute. Mir blieb nicht nur die Erkenntnis, dass ich als Tochter eines jüdischen Vaters nicht nur formal nicht jüdisch bin, sondern vor allem ein Gefühl von Macht- und Hoffnungslosigkeit. Die von mir initiierten und wöchentlich geduldig gemachten Trecks zum Religionsunterricht in der Gemeinde der nächsten Mittelstadt, die Teilnahme an Festen in der Gemeinde und am Hebräischunterricht reichten nicht aus, damit ich mich auch sonst beteiligen konnte wie andere, und außer mit meiner Mutter darüber zu streiten, warum sie nicht konvertiert, konnte ich nichts tun. Ich habe mich dann viele Jahre von allem, was mit dem Judentum zu tun hatte, ferngehalten (von gelegentlichen Iwrith-Kursen abgesehen, die Familie in Israel war ja weiter da) - bis ich selbst irgendwann Mutter wurde und überlegt habe, was ich an mein Kind weitergebe und weitergeben möchte. Da wurde mir klar, dass das mit der Distanzierung so nicht einfach weitergeht, meine Verbundenheit mit dem Judentum - oder eher mit Jüd*innen, mit ganz bestimmten Personen, auch aber der Geschichte einer bestimmten Gruppe - wird mir immer bleiben, Ihr seid ja meine Familie.
Mitgenommen habe ich aus der ganzen Sache auch, schon früh, dass das mit der Identität nicht so einfach ist, wie Yossi Dobrovych meint. Sie ist nicht einfach ein »psychisches« Problem. Damals wusste ich noch nicht, dass Wissenschaftler*innen, Philosoph*innen - hier in Deutschland gerade auch jüdische! - sich über die Rolle der Anerkennung zwischen Menschen so viel Gedanken gemacht haben, aber wir sind, wer wir sind, nur dann, wenn andere es uns auch sein lassen. Unsere Konflikte sind oft nicht »innere«, sondern mindestens genauso sehr äußere. Das habe ich damals intuitiv verstanden.
Magst Du dazu als Psychologin noch etwas sagen?
Deine Sarah

Guten Morgen, meine liebe kluge Nichte,
wie spannend, dass dieser Artikel uns zu diesem Gedankenaustausch veranlasst!
Zur Identitätsfrage hast Du ja schon Wesentliches gesagt. Natürlich gibt es nicht nur die »innere« Entscheidung, sondern mindestens ebenso gewichtig ist die gesellschaftliche Zuschreibung. Hier erleben wir ja auf allen Ebenen eine Art Auflösung der bisherigen (vielleicht bislang historisch angemessenen) Schwarz-Weiß-Bilder: Entweder Mensch GEHÖRT zu einer bestimmten Gruppe oder NICHT. Sogar die gesichert erscheinende Zuordnung zu männlich/weiblich wurde jüngst ausgehebelt, es gibt noch etwas dazwischen, etwas »Gemischtes/Hybrides«, eine Vielfalt der natürlichen (und sozialen) Möglichkeiten, an die bisher noch kaum jemand gedacht hatte.
Ebenso verhält es sich mit allen anderen denkbaren Kategorien zur Gruppenbildung doch auch. War Stephen Hawking ein »Behinderter« oder ein Genie? Bin ich Jüdin durch meine Mutter, obwohl ich nicht im herkömmlichen Sinne religiös bin? Meine eigene Definition, warum ich auf jeden Fall eine eindeutige Identität besitze, speist sich aus ganz anderen Quellen: Ich bin Jüdin nicht wegen des Blutes, das in meinen Adern fließt, sondern wegen des vielen jüdischen Blutes, das geflossen ist. Das zwingt zur Aufrichtigkeit und Loyalität, ich habe gar keine Wahl (und wünsche mir an dieser Stelle auch nichts anderes).
Hier kommt die Vielfalt ins Spiel, die Möglichkeit, Jüdin zu sein und gleichzeitig Buddhistin beispielsweise, die Verbindung verschiedenster Herkünfte und Lebensentwürfe, die Chance, auch für unsere Kinder, ihren Erfahrungshorizont in alle Richtungen zu erweitern, die Enge in unseren Köpfen zu erkennen und zu überwinden, sämtliche uns gegebenen Möglichkeiten zu respektieren und auszuschöpfen. Dann darf sich Arielle, die Tochter des Meeresgottes, auch in einen menschlichen Mann verlieben usw.
Wir wissen und erleben allerdings gegenwärtig, dass Freiheit Angst macht und Grenzen scheinbare Sicherheit bieten. Das muss man mitdenken.
Was wärest Du für eine Jüdin, wenn Du die Freiheit dazu (gehabt) hättest?
Schönen Tag wünscht Dir Dein Tantchen

Liebe Bella,
ich befürchte, unser »Leserinnenbrief« wird länger als der ursprüngliche Artikel, aber sei's drum. Auf Deine Frage würde mein Sohn antworten: »Hätte, hätte, Fahrradkette« – will sagen: Wer kann schon wissen, was gewesen wäre wenn, und wen interessiert's?! Wichtiger ist doch, was für eine Jüdin ich bin: Nicht nur – teilweise –, wie Du es fühlst, Teil einer Schicksalsgemeinschaft. Vielmehr fühle ich ein jüdisches Herz. Ein jüdisches Herz, das auf Antisemitismus reagiert, auf Diskussionen um Israel, auf die Shoah und auf vieles andere. Aber natürlich ist das nicht mein einziges Herz. Ich weiß, dass man »Deutsch« und »Jüdisch« nicht als Gegensätze denken kann, sondern dass für viele beides zusammen funktioniert, aber ich fühle eben, dass ich neben dem jüdischen auch noch ein »deutsches Herz« habe. Eines, das bei meinen anderen Großeltern groß geworden ist, das mich im Alltag meistens steuert, aber das jüdische ist eine kleine Stimme, die unaufgefordert dazwischenruft, wenn es etwas Besorgniserregendes entdeckt.
So funktioniert das für mich (inzwischen), gelassen bin ich dabei eher selten, aber ganz zufrieden. Und gelegentlich streitbar: Dann möchte ich Yossi Dobrovych fragen, was denn den Gott Israels von dem Gott der anderen unterscheidet?
Wichtig finde ich auch noch, dass wir Vaterjüd*innen meist lange vor dem Alter der Machanot mitbekommen, dass wir irgendwie nicht richtig jüdisch sind. Manche werden vor dieser Einsicht vielleicht behütet, die meisten aber brauchen keinen Madrich, um das gesagt zu bekommen, das erledigen die Familie, Religionslehrer*innen oder auch Zufallsbekanntschaften. Schön wäre es, trotzdem mit anderen zusammen über den jüdischen Staat, die Thora und die Tradition lernen zu können und dann selbst informierte Entscheidungen zu treffen. Und, da spricht mein feministisches Herz (das habe ich auch): Das Problem mit dem Minjan hätte ich als Frau ja ohnehin nicht. Aber selbst wenn: Als Jugendleiterin oder Jugendleiter hat man schon jung eine sehr große Verantwortung, das erfordert eine gute Ausbildung, Unterstützung und Selbstreflexion, nicht die Schaffung einer immer nur vermeintlich homogenen Gruppe.
Deine Sarah

Kirsten erzählt

Onkel Peter

Schon in meiner Kindheit liebte ich diesen tollen Mann.

In der dritten Klasse sollten wir ein Bild malen, das etwas Wichtiges für uns darstellte, also malte ich ein KZ: einen Zaun, Hütten und einen Tunnel, der zu einem Wald führte. Ich wusste, dass Onkel Peter aus einem KZ geflüchtet war und wusste, dass das »Gefängnis« schrecklich gewesen war. So stellte ich mir das Lager vor, ein Zaun um ein paar Häuser – ich wusste nicht, dass er auf dem Todesmarsch aus Sachsenhausen entflohen war und was das eigentlich bedeutete. Onkel Peter und ich sprachen immer wieder darüber und andere damit verbundene Themen und den Schmerz und das Leid spürte ich. Da war eine große Verbundenheit.

Mutterfamilie

Meine Verwandten mütterlicherseits haben zwar theoretisch verstanden, dass ich übergetreten bin, aber praktisch wünscht man mir immer noch »Frohe Weihnachten« und »Frohe Ostern«. Am Anfang verstand ich das noch, aber nach knapp 30 Jahren, der Hälfte meines Lebens, nervt mich das und bei manchen tut es besonders weh.

Ich selbst fing schon früh an, allen Leuten grundsätzlich nur »Schöne Feiertage« zu wünschen. Damit können Konfessionslose genauso viel anfangen wie Andersgläubige, denn alle haben irgendwann Feiertage, die bei manchen dann eben nur »freie Tage« sind.

Vaterfamilie

Es ist am Ende meiner Schulzeit gewesen, als meine Mutter eher zufällig die Genealogie als Hobby entdeckte. »Heilbut« ist kein häufig vorkommender Familienname und so bekam sie einen Anruf aus Amerika mit der Bitte um Informationen über … ach ich weiß es nicht, ich kriege die Geschichten nicht zusammen, aber meine Mutter hat sie wirklich alle im Kopf – einige davon gehen zurück bis ins 16. Jahrhundert.

Hellfried und Helga fanden dann heraus, dass Oskar Heilbut in Dänemark lebt. Da er schon 90 war, fuhren sie so schnell wie möglich hin und dadurch entstand die erste Verbindung zu weiteren noch lebenden Heilbuts.

Durch diese Familienforschung meiner Mutter ist die Anzahl meiner Verwandten väterlicherseits (um wie viele Ecken sie auch mit uns verwandt sind) so angestiegen, dass sich Verwandtschaft und Freundschaft oft mischen.

Und dann ist da natürlich der englische Teil der Verwandtschaft, der Hellfried in seinen Schulferien besucht hatte, als er in England aufwuchs. Und die ich wiederum auch öfter besuchte und für die ich, als Hellfrieds Tochter, Familie bin. Für mich sind es Tanten und Onkel – auch wenn sie es nur über einige Ecken sind.

Aber was schert mich dieser DNA-Kram – ich würde nie einen DNA-Test zur Feststellung meines »Jüdischseins« machen, wie es viele Amerikaner tun. Ich brauche das für meine Identität nicht. Zum Glück gibt es unter den Verwandten viele, die nicht in Naziformulierungen wie »Halb- oder Vierteljude« denken. Da bin ich einfach »Kirsten«, eine patrilineare Jüdin, die Familie ist.

Familie Zeifert: Dorothea, David, Ruth, David jun., Benno, Golde, Lea und Onkel Israel (1976)

Familie Weil: Ruth, Robert, Hanna (oben), Martha, Moritz (unten) (ca. 1954)

Familie Senger: Ionka, Paula, Irmgard (1960)

Die Leute

Ruth erzählt

Im Gespräch

Und dann stand die Kiste da. Mehrere Jahre hatte ich an meiner Doktorarbeit über Vaterjuden gearbeitet. Schließlich kam das Okay der »Doktormutter«, der Frankfurter Soziologin Prof. Dr. Lena Inowlocki. Viele Verlage zeigten Interesse. Ich entschied mich für den »jüdischsten« unter ihnen, für Hentrich & Hentrich. Nachdem ich mein Werk unter den Argusaugen der Lektorin noch einige Male überarbeitet hatte, erreichte mich schließlich eine große Kiste mit 50 druckfrischen Exemplaren. Ein toller Tag. Das eigene Buch in Händen zu halten ist wunderbar. Ruhm und Ehre, Stolz und Glück. Ein weiter Weg vom ersten nervösen Warten im Flur vor der Tür von Prof. Dr. Micha Brumlik, der wohlwollend sagte: »Dann machen Sie mal!«

Nach dem Erscheinen war ich gefragt. Als Vortragende in jüdischen Kulturstätten etwa, auf Podien, für Radio- oder Printbeiträge und vor allem von Menschen, die mir ihre eigenen Geschichten oder Einstellung zu »Vaterjuden« erzählen wollten. Das Thema war brisant und bislang in der Öffentlichkeit wenig diskutiert.

Die Veranstaltungen der großen Städte waren voll, teilweise gar ausgebucht, die kleineren auch mal eher leer. Trotz vieler Besucher gab es auf den Veranstaltungen der großen Städte weniger Reibung, als ich erhoffte. In München und in Berlin beispielsweise saßen gar jeweils eine liberale Rabbinerin bzw. ein liberaler Rabbiner ein orthodoxer gemeinsam auf dem Podium, die Diskussionen aber waren eher gemäßigt. Wir – also ich und teilweise andere Podiumsteilnehmer oder Zuschauer – führten aus, legten dar, erzählten und erklärten, wieso bei Vaterjuden trotz Halacha faktisch eine Zugehörigkeit, ein Zugehörigkeitsempfinden, existierten kann, bekamen aber von orthodoxer Seite jeweils als einzige, höfliche und zugleich völlig gleichgültige Reaktion: Man bedauere das Dilemma, »aber ›Vaterjuden‹ sind einfach ›Nichtjuden‹!« Dabei saß in einem Publikum sogar ein ultraorthodoxer Chasside, der seine Not erklärte, dass er einer jüdischen Schule Religion unterrichte und sich immer mehr Vaterjuden unter seinen Schülern befänden. Selbst er erklärte, man müsse in einer Zeit, in der gemischte Ehen zur Normalität gehörten, damit umgehen lernen. »Aber wie?«, wollte er ganz offen diskutieren. In diesen Veranstaltungen waren die aktuelle Handhabe und deren Herleitung aus den Schriften die zentralen Themen. Die liberale Seite zeigte sich hier natürlich eher offen.

Einen kurzen Einblick in die aktuelle Handhabung neben den Synagogen bekam ich von Jo Frank, dem Geschäftsführer des jüdischen Studienwerks ELES. Im Treppenhaus der Neuen Synagoge in Berlin konnte ich ihm kurz meine Aufwartung machen. Bei ELES, sagte er, sind Vaterjuden (und auch »Großvaterjuden«) als Teil des heutigen deutschen Judentums willkommen. Heute, das wäre schon sehr deutlich sichtbar, sei ein Großteil der kulturell jüdischen Elite patrilinear jüdisch. Ich war überrascht, aber, wenn man mal anfängt nachzusehen, kommen einem doch einige unter. Mein liebstes Beispiel ist Max Czollek, dessen Buch »Desintegriert euch!« ihn in jedes große Feuilleton katapultierte. Auf den Punkt brachte es dann Neta-Paulina, ELES-Stipendiatin und eine der Autorinnen dieses Bandes, die mir – auf ihren jüdischen Status angesprochen – erklärte, sie plane eines Tages so berühmt zu sein, dass die jüdische Community sie schlicht nicht entbehren wolle (oder könne). Wer würde schon z. B. Theodor W. Adorno vorhalten, dass er lediglich patrilinear jüdischer Herkunft war? Oder eben Max Czollek. In einem Tür-und-Angel-Gespräch lieferte Alina Gromova, Mitarbeiterin der W. Michael Blumenthal Akademie des Jüdischen Museums Berlin, gewissermaßen die Erklärung für Jo Franks Wahrnehmung. Sie sagte, sie nehme wahr, dass Vaterjuden aufgrund ihrer uneindeutigen Identität oft von klein auf Widersprüche aushandeln und neue Wege erdenken müssten und somit einfach jene seien, die immer wieder

Neues und besonders Spannendes hervorbrächten. Zu guter Letzt darf ich die Frankfurter Rabbinerin Elisa Klapheck hier einreihen, die aus dem Publikum heraus sagte, sie nehme Vaterjuden aktuell als die »Avantgarde des Judentums« wahr. Wie wunderbar!

In und neben den Veranstaltungen offenbarte sich also eine institutionell mögliche Akzeptanz von Vaterjuden, die in aktuellen Generationen leider erst ihren Beginn nimmt. Die meisten meiner Interviewpartner standen (teilweise lediglich vor ein paar wenigen Jahren) noch vor geschlossenen Türen. Ein paar wenige Zuschauer erzählten aber auch, dass es früher möglich war, in eine Gemeinde aufgenommen zu werden. Ein älterer Mann aus Norddeutschland schilderte dem Publikum zum Beispiel, dass er nach dem Nationalsozialismus ohne auch nur ein Wimpernzucken in die Einheitsgemeinde aufgenommen worden war. Ein Gemeindemitglied aus Süddeutschland wiederum wusste von ein paar Vaterjuden aus der ehemaligen Sowjetunion, die trotz eigentlich differierender Gemeinderegeln unproblematisch als Mitglieder Teil der Gemeinde wurden. Es kann offensichtlich auch bei konservativeren Gemeinden menscheln und für individuelle Schicksale ein Weg neben Halacha und Bürokratie gefunden werden. Präzedenzfälle sollten es nicht werden, das war allen Betroffenen klar.

Heute ist erst einmal wahrzunehmen, dass das jüdische Angebot wächst und damit die Chancen für Vaterjuden steigen, einen Ort zu finden, an dem sie akzeptiert oder willkommen sind. Es gibt nicht mehr nur konservativ eingerichtete Einheitsgemeinden, sondern auch religiöse Diversität und politisch und kulturell jüdische Orte. Leider ist das Angebot auf wenige große Städte beschränkt, wodurch die Partizipation für viele auch heute noch schwer ist.

Anders und gleich

Selbst wuchs ich in den 1970er- und 1980er-Jahren nahe Frankfurt am Main auf. In meinem Umfeld, der Schule oder dem Schwimmclub, gab es keine Juden. Wir hatten ein wenig Familie und ein paar Freunde in Israel und einige Israelis oder jüdische Amerikaner, die mein Vater über seine Arbeit kannte. Im Alltag hatten wir nicht wirklich viel Kontakt zu Juden. In Deutschland gab es ja auch einfach noch zu wenige, lediglich etwa 20.000 hieß es. Internet gab es auch nicht. Die Chance und Wahrscheinlichkeit, jemanden zu treffen, der eine ähnliche Familienkonstellation wie ich hatte, war gering. Ich dachte, ich bin allein mit diesem komischen »Nicht-« oder »Dazwischen-« oder »Doch-Status«. Heute gibt es um die 95.000 Gemeindemitglieder in Deutschland, also wahrscheinlich mindestens etwa 200.000 Juden oder Personen jüdischer Herkunft. Viele russischer Herkunft. Erzähle ich, worüber ich arbeite, kennt heute eigentlich jeder mindestens einen Juden oder hat gefühlt eigene jüdische Vorfahren. Nach dem Erscheinen meines Buches kamen dennoch viele auf mich zu und sagten genau das, was ich damals auch dachte: »Ich dachte, ich bin allein.«

Bei alle den Erzählungen, die ich danach hörte, hat mich dann erstaunlicherweise aber die Geschichte einer Nichtjüdin beeindruckt: Nach einer Veranstaltung in Konstanz kam eine Dame auf mich zu. Sie sei keine Vaterjüdin, habe aber eine Geschichte, die sie mir erzählen wolle. Ihre Eltern seien »normale Deutsche« gewesen. Unmittelbar bei Kriegsende hatten die Eltern beschlossen, dass sie in diesem Land keinen Moment länger bleiben wollten. Sie zogen von Berlin nach Palästina, in eine Unterkunft für Neuankömmlinge nahe dem Westjordanland. Die Siedlung für Neueinwanderer bewohnten zu der Zeit natürlich vorwiegend Menschen mit Verfolgungsgeschichte. Die Rosenbaums und Borowskys aus allen Ländern wohnten in den behelfsmäßig errichteten Bauten. In der Mitte zweier kleiner Wohnungen befand sich jeweils ein Gemeinschaftsbad, das man sich mit der Nachbarfamilie teilte, glaube ich mich an ihre Erzählung zu erinnern. Viele Sprachen wurden gesprochen. Drumherum sandige Wüstenlandschaft, Baustellenfeeling. Aber es war auch und vor allem eine Gemeinschaft: Menschen, die am Lagerfeuer saßen, Geschichten erzählten, unterschiedlich kochten, sangen, durch dünne Wände hindurch stritten oder die Traumata des Holocaust in ihren Träumen schreiend und weinend durchlitten. Alle hatten sie Grausames erlebt, Teile ihrer Familie und Lebensgrundlagen verloren. Keine fragte, ob ihre Familie Juden seien – man ging wohl einfach davon aus. Als Haustier habe sie unter anderem mal ein Chamäleon gehalten. Sie, das etwa 10-jährige deutsche Mädchen im jungen Israel. Das Leben war abenteuerlich und frei. Bei alledem, auch rückblickend, sehr gefährlich. Auf Klassenausflügen beispielsweise, hätten immer einige Eltern der Klasse die Kinder als Freiwillige mit Gewehren begleiten müssen. Mitte der 1950er-Jahre, als die militärischen Spannungen auf weitere Kriege hindeuteten, beschloss ihr Vater (offenbar »von heute auf morgen«) nach Deutschland zurückzukehren. Sie erinnert sich an ihre Ankunft in Berlin. Es regnete und war kalt und grau. Sie fragte sich, ob das jetzt für immer so bleiben würde. Es blieb. Zurück fuhr die Familie nie wieder. Eine Nichtjüdin, sozialisiert im jungen Israel, die Sprache ihrer Kindheit Hebräisch, ihr Status: nichtjüdische Deutsche.

Was das mit Vaterjuden zu tun hat? Nun, offensichtlich, dass sie sich angesprochen fühlte, weil ihre Geschichte anders ist als andere. Es ließe sich natürlich als eher allgemeines Phänomen der Jugend über die Sozialpsychologie erklären, dass sie sich anders fühlte, genauso, wie viele meiner Gesprächspartner dies beschreiben. Hier erlebte ich nun selbst, wie mir eine »gleiche andere« begegnete. Die Geschichte dieser Frau hatte mich besonders bewegt, weil mein Vater zur etwa gleichen Zeit in ebendiesem Land aufwuchs und ich seine Geschichten zu gern anhöre (siehe S. 36 ff.). Menschen, die Ähnliches erlebt haben wie er, kenne ich in Deutschland nicht. Ihre Geschichte hatte Details und Ergänzungen zu meinem israelischen Familiengedächtnis; dieses Anderssein war für mich verbindend und biografisch nachvollziehbar.

Andere Leute

Über Erlebnisse aufgrund des »Anders-« oder »Uneindeutig-Seins« erfuhr ich in den letzten Jahren immer mehr. Einmal sprach mich eine jüngere Frau an. Sie trat im Zuschauerraum einer meiner Vorträge als orthodoxe Jüdin auf. Mit einem Tuch im Haar, gewickelt wie eine Fromme, bekannt in der Synagoge, fröhlich interagierend mit anderen Gemeindemitgliedern. Nach dem Vortrag kam sie auf mich zu. Sie gehe seit vielen Jahren in die Synagoge, habe alle notwendigen Schritte zur orthodoxen Konversion vollzogen, habe gar einen festen Platz in der Synagoge gebucht, aber konvertieren dürfe sie aufgrund ihrer Behinderung nicht. Ich nahm keine Behinderung wahr. Sie lebt als Jüdin, ist seit vielen Jahren vertraut mit allen Riten, lebt nach orthodox-jüdischem Gesetz, bekannt und akzeptiert in der Gemeinde. Warum es sie stört, keinen »Schein« zu haben weiß ich nicht. Auch sie ist keine Vaterjüdin, sucht aber einen Ansprechpartner. Einen, der sie positiv stärkt, sie in ihrem Weg begleitet, ihr bei einer Klärung hilft. Ein offenes Ohr war in solchen Fällen oft alles, was ich beitragen konnte.

Die Leute, die nicht wollen

Immer wieder begegnete ich auch Vaterjuden, die sich durch mein Tun explizit gestört fühlten. Auf einen Zeitungsartikel zu Beginn meiner Forschung in der Jüdischen Allgemeinen hin rief beispielsweise ein Mann an meinem damaligen Arbeitsplatz an. Er muss meinen Namen gegoogelt und beschlossen haben, es sei wichtig genug, mich anzurufen: Er habe mit dem Thema abgeschlossen, wie ich dazu käme, einen Artikel zu schreiben? Mann, war der sauer! Ich war ganz verwirrt. Dieses Beispiel trug sich ganz zu Beginn meiner Forschung zu. Immer wieder mal kam so etwas vor. Erst kürzlich schrieb mir eine Frau, sie habe zwei jüdische Großväter, würde aber immer abgelehnt. Ich bemühte mich, ihr Adressen und Ansprechpartner zu nennen, die offen sind, woraufhin sie erbost zurückschrieb, ich würde ihren Status nicht anerkennen. Mittlerweile habe ich ausreichend Erfahrung, um nach einem verwunderten »Äh, was?« das Nörgel-Päckchen als gedanklich »unbekannt verzogen« nicht zu beantworten.

Der antisemitische Leut

Nicht jeder der Begegnungen war leicht zu verdauen. Besonders detailliert schrieb ich nach einer Veranstaltung im Oktober 2018 runter, was mir gerade passiert war. In der Situation dachte ich, mir spiele jemand einen Streich, so unwirklich erschien mir die Begegnung: Nach meinem Vortrag kam ein sympathischer Herr um die 60 auf mich zu. Er wolle mal fragen, wie es sich mit den Einwanderern aus der ehemaligen Sowjetunion bei der Einreise nach Israel verhalte: »Können sie eigentlich israelische Staatsbürger werden?« Ich erklärte: Im Rückkehrgesetz steht, wer mindestens ein jüdisches Großelternteil hat (oder Gatte/Gattin ist), darf einwandern, aber Jude ist auch in Israel nur, wer Kind einer jüdischen Mutter ist oder konvertierte. Der Herr beharrte, das könne man doch so gar nicht mehr nachweisen, mit all den zerstörten Papieren usw. Dennoch: Meines Wissens nach ist die Bestätigung mittels gültiger Papiere oder eines Rabbiners über den jüdischen Status der Mutter und Großmutter unabdingbar. Daraufhin fragte der Herr mit einem wunderbar freundlichen Lächeln, ob das nicht doch auch rassistisch von jüdischer Seite sei. (»Aha!«, dachte ich.) Ich erklärte den Unterschied zwischen Rassismus, der Rassen quasi biologisch vorbestimmte Eigenschaften unterstellt, und der Zugehörigkeit zu einer Gruppe, die auf Regeln basiert. »Aber man wird Jude durch Geburt!« Darauf konnte ich noch gut kontern: »Man wird auch Deutscher durch Geburt und das sehen Sie doch auch nicht als rassistisch?« In jedem Verein gibt es Zugehörigkeitsregeln, bei den Juden ist es eine Abstammungsregel. Jene, die dieser nicht entsprechen, können konvertieren.

Die nächste Frage kam prompt. Ob ich Hebräisch spräche. Er wolle wissen, was »auserwähltes Volk« auf Hebräisch heiße. Spätestens in dem Moment wusste ich, wie es weiter gehen sollte. Und es ging tatsächlich weiter.

Ich wurde konfrontiert mit der Arroganz, sich als »auserwähltes Volk« zu bezeichnen. »Wie viele Juden in Deutschland sind eigentlich Gemeindemitglieder? Sehen Sie, die stecken alle unter einer Decke!« Er vertiefte sein Argument: Der orthodoxe Übertritt sei nicht möglich. Er wollte hier dann unbedingt auch Klaus Kinkel, den ehemaligen Außenminister, anbringen, ich unterbrach ihn und der Herr, ruhig grinsend, sagte: »Ja, so sind die Juden, sie fallen einem immer ins Wort.« Diesmal grinste ich »Vaterjüdin«, denn ich konnte unverblümt sagen: »Haben Sie denn eben meinem Vortrag nicht zugehört? Ich bin keine Jüdin.« Nach einem kurzen Schockmoment fing sich der freundliche Herr wieder und sagte, dass ich dann eben Halbjüdin sei. »Halbjuden gibt es nicht.« Aber ich glaubte schon nicht mehr, dass es den Herrn erreichen würde, wenn ich auf die Abwesenheit dieser von den Nazis geschaffenen Kategorie verweisen würde. Das tat es auch nicht. Es ging also weiter über Klaus Kinkels Töchter, von denen eine nicht konvertieren durfte, weil man sich ja für das »auserwählte Volk« hält und die Weltherrschaft untereinander aufteilt. Er kam zu den Machtverhältnissen im Land und in der Welt, da das Geld ja bei den Juden läge. Und auch der Einfluss. Ob ich heute mitbekommen hätte, dass die australische Botschaft in Israel nach Jerusalem verlegt werden würde? Die eine Stimme, die im Senat zu einer Mehrheit für eine andere Abstimmung gefehlt habe, hätte ein Jude inne, der sich die Verlegung der Botschaft eben wünschen würde. Wieder ein Jude, wieder gehe es um Macht. Da waren wir dann auch schnell bei den russischen Oligarchen, die allesamt reiche Juden seien. »Das sieht man doch«, das sei schon immer so. Ach ja, nicht zu vergessen, dass er unter vielen Juden aufgewachsen war und einige seiner besten Freunde Juden seien. Das hat er gesagt. Ehrlich. Außerdem wollte er noch los werde, dass es furchtbar sei, wenn alle nun Kippa trügen. »Was?« Bei den Demonstrationen, wenn sich Nichtjuden eine Kippa der Solidarität aufsetzen würden. »Die (Juden) lachen uns doch aus (dass wir uns für sie ›zum Juden‹ machen)!«

Zu guter Letzt, er ließ mich ohne viel Mühe, weiter ganz freundlich, lediglich mit ein paar »So seid ihr Juden halt« gehen, fragte er nach meinem Nachnamen, dieser sei doch nicht deutsch. »Zeifert«, so heiße man in Deutschland nicht. »Bei uns heißen alle Seifert.« (Eigentlich heißen wir auch Seifert, das Z ist ein Rechtschreibfehler der Behörden – aber hätte ihn das wirklich interessiert?)

Das Gespräch war nicht schön. So viele Klischees, von denen ich nicht mehr geglaubt hatte, dass Menschen sie noch so denken oder offen aussprechen würden. Mein erster Anlaufpunkt waren nun andere Zuhörer der Veranstaltung. Ich erzählte es einem der geistreich wirkenden Veranstalter. Dieser wiegelte ab, das sei ja doch nun wirklich nicht so ein Antisemitismus, wie der in Chemnitz, sondern alles doch eher nicht so schlimm.

In einem solchen Moment frage ich mich, warum ich eigentlich ein Buch geschrieben habe, das mich in diese Situation bringt. Bin ich nicht selbst dran schuld? Das hätte ich ja nicht gemusst, gerade ich, die halachisch nicht jüdisch ist. Mein Vater hat mir schon immer nahegelegt, dass nicht so für mich anzunehmen, es ist gefährlich und unnötig. Unerwünscht packe ich noch drauf, da die eine, große und gewichtige Hälfte der Juden mir eh quittiert: »Du und Leute wie du gehören nicht dazu!« Gleichzeitig unterstreicht gerade diese Begegnung in unschönem Maße, dass ein Antisemit sein Gegenüber, hat er es einmal am Wickel, durch Argumente (und sei es gar der religionsrechtliche Beleg des Oberrabbinats) nicht entkommen lässt. Wie denkt man so schön als Antisemit? »Wer Jude ist, bestimme ich!« (Hermann Göring)

Synthetische Gemeindemitgliedshaft

Tief erschüttert hat mich eine innerjüdische Diskussion im Anschluss an einen Vortrag. Ich wurde von einer liberalen Gemeinde in der Schweiz eingeladen, vorzutragen, um eine Grundlage für eine gemeindeinterne Diskussion zur Zukunft zu liefern. An der Diskussion durfte ich anschließend freundlicherweise ebenfalls teilnehmen. Es sollte um die Zugangs- und Mitgliedsregelung für zum Beispiel Vaterjuden gehen. Der Gemeinderaum war gut gefüllt, alles lief – glaubte ich – ganz gut. Ich hatte zu der Zeit die Position, dass man es von Vaterjuden zwar nicht verlangen sollte, aber es durchaus gut sein könne, sie in einem Gijur zu unterstützen. Meine Argumente hierfür waren, dass aus meiner Forschung hervorging, dass Vaterjuden geregelt über etwas berichten, dass sie »können« müssten, bevor sie sich wirklich jüdisch fühlten. Über einen Gijur würden sie einen akzeptierten Grundlagenkurs erhalten. Außerdem besäßen sie dann den Schein, der ihnen ermöglichte, auf die oft so unangenehme Frage »Bis du Jude?« einsilbig antworten zu können. Denn eigentlich fühlt sich selten eine Antwort als richtig an. Sarah nennt das in ihrem Artikel »Trickster« (siehe S. 22 ff.). Ein eindeutiges »Ich bin Jude« fühlt sich für Vaterjuden möglicherweise auch nach dem Gijur nicht richtig an, aber einfacher im Umgang mit außen würde es wohl allemal.

Eine Diskussion kam langsam in Gang und endete damit, dass man generell Kinder mit nur einem jüdischen Elternteil konvertieren lassen solle. Nochmal: Auch Kinder mit einer jüdischen Mutter sollten bestenfalls einen Gijur machen. Es wäre ein Gewinn für jeden, sich mit den grundlegenden, den notwendigen Texten und Riten auszukennen. Auch kam der Wunsch unter den anwesenden Mitgliedern auf, dass es jedes Mitglied in den ersten zwei Jahren zum Beispiel beweisen müsste, dass es aktiv zum Gemeindeleben gehört.

Ich war geschockt über dieses Zusammentreffen und den Diskussionsverlauf. Gekommen war ich, um die Öffnung zu unterstützen, und folgte nun einer Diskussion in gegenläufiger Richtung. Meine Begleiterin aus der Synagoge erklärte mir, dass dies ein Teil der Entwicklung in den Gemeinden sei. Es gehe hier um Konversion. Viele der Mitglieder, die besonders aktiv seien, seien konvertiert. Ihnen läge das aktive Judentum sehr am Herzen und sie hätten einerseits Mühen auf sich genommen (die gebürtige Juden nicht auf sich genommen haben) und positive Erfahrungen mit ebendiesem Verfahren des Übertritts gemacht. Viele der Anwesenden empfänden den Gijur als positiv und sähen ein Anraten dessen als Gewinn für Gemeinde und Individuum. Unter gebürtigen Juden aber würde dies eher auf Ablehnung stoßen. Lieber würde man austreten, so wurde es ihr gesagt, als sich solch diktierter neuer Jüdischkeit anzuschließen.

Später erzählte ich meinem Rabbi von dieser Diskussion. Er war nicht überrascht, kannte diese Position.

Berühmte Leute

Als ich zum ersten Mal vor Micha Brumlik stand, den in meinem privaten Umfeld nicht sehr viele kannten, erklärte ich, ihn zu treffen sei für mich so aufregend, wie es für andere Robbie Williams sei. Robbie Williams war damals ein Superstar. Ich sollte während der kommenden Reisen das Glück haben, noch vielen meiner Stars begegnen zu dürfen. Ein Highlight war, als Adriana Altaras bei einem Jüdischen Gemeindetag im Vorgespräch auf ein Podium mit Lea Wohl von Haselberg und mir zu Mittag aß. Wir sollten eine Bracha, einen Segen, sprechen und Brot brechen. »Noch nie gemacht!« und »Weiß nicht, wie das geht«, sagte ich ertappt. Sie konterte, dass das nichts ausmache, und – zack, zack – breche ich, das entsprechende Gebet nachsprechend, Challa. Jetzt habe ich das also auch mal gemacht. Das Tolle ist das Integrierende. Plötzlich ganz mittendrin, plötzlich unwiderlegbar akzeptierter Teil des deutschen Judentums.

So selbstverständlich uns Adriana Altaras behandelte, so vehement stieß ich auch immer wieder auf Ablehnung. »Schon spannend«, sagte zum Beispiel einer meiner Idole, der mich eigentlich immer unterstütze, »aber richtige Juden werdet ihr nie sein!« Eine andere, mir sehr liebe politische Akteurin sagte, dass sich heute schon auch viele als Juden bezeichneten, die damit wenig zu tun hätten. Als Beispiel, das überraschte mich überaus, brachte sie Max Czollek an, der bei seiner nichtjüdischen Mutter groß wurde und heute von Nichtjuden unhinterfragt als jüdische Autorität herangezogen würde – auch, um gegen Äußerungen von Juden zu argumentieren. »Schau, schau«, denke ich, die gerade noch behauptete, dass »der Aufstieg« (Alijah) die Adlung, erlangt durch Berühmtheit, sei. So einfach ist es also doch alles nicht, sondern unverrückbar ein immer wiederkehrendes Wirrwarr.

Wunderbar war dann wiederum, einen Abend mit Mirjam Wenzel, Iris Ritzmann oder mit Anetta Kahane ein paar interessante Stunden zu verbringen. Es waren viele, viele für mich sehr interessante und vor allem sehr herzliche Begegnungen, die kurz und intensiv waren, dann aber genauso zügig wieder auseinandergingen. Bei einer Frau war das anders. Als Frankfurterin sah ich im »Bunker« einmal eine Veranstaltung über Valentin Senger. Er hatte in Frankfurt das weltberühmte und zentrale Buch »Kaiserhofstraße 12« geschrieben. Seine beiden Töchter saßen auf dem Podium. So gern hätte ich mit ihnen gesprochen. Es war erst einmal unerreichbar und ein Weg voller Steine. Zufällig aber gelang doch der Kontakt und nun sehen, sprechen oder lesen Ionka und ich uns regelmäßig, um mit Regula zusammen ein Buch zu verfassen – bei Tee und gutem Käse. Schöner könnte ein Beruf kaum sein.

Positionen

Einmal nahm ich an einer abendlichen Veranstaltung meiner Gemeinde teil. Eine Frau sprach mich an, sie habe mich noch nie in der Gemeinde gesehen, ob ich Mitglied sei. Ich fühlte mich natürlich sofort als »nicht ganz echt« ertappt und sagte, ich ginge mit meinen Kindern eher in den Familienschacharit, weshalb sie mich vielleicht noch nicht gesehen habe. Ich hingegen hatte sie tatsächlich schon einige Male gesehen. Sie singt im Chor der Gemeinde. Eine sehr präsente Frau, die mich in Optik und Habitus eher an die mittelalten Frauen des evangelischen Spektrums erinnert. Warum? Weiß ich nicht, aber sie tat es bei jedem Auftritt, den ich von ihr gesehen hatte, bei jedem eifrigen Mitbeten aus dem eigens mitgebrachten Gebetsbuch, bei dem ich sie beobachtet hatte, und bei ihrer durchdringenden, wichtigen Anwesenheit, die sie durch ihren augenscheinlich guten Kontakt zum Kantor immer wieder unterstrich. Diese Frau stand nun also vor mir und hakte irgendwie nach und ich gestand meine »Fördermitgliedschaft«. Da hatte sie mich am Wickel: »Wie? Was? Wo?« Und anstelle mich umzudrehen und wegzugehen, sagte ich – selbstbewusst ob der vielen positiven Erfahrungen, die ich mittlerweile in den gesamtdeutschen jüdischen Zusammenhängen nach der Veröffentlichung meines Buches erleben durfte –, wie es ist. Und sie reagierte (ungefragt), indem sie sagte: »Wie können Sie Ihren Kindern so etwas antun?« Allen Ernstes fragte sie, eine Frau, die mich noch nie gesehen hatte, der ich in einem geschützten Raum, geschützt durch Zugangsbedingungen in die Gemeinde und bewaffnete Security, diese Frau fragt mich, wie ich es meinen Kindern antun könne, sie als Nichtjuden in eine uneindeutige Identität zu schicken.

Sapperlot.

Halleluja.

Und da zeigt sich das Dilemma. So unsensibel und –ja – unverschämt ich das Verhalten, den Gedankengang dieser Frau fand, so sehr stand ich plötzlich vor ihr und urteilte sie selbst ab. Durch meinen Kopf schoss: »Die ist sicher ›nur‹ Konvertitin!«

So schlimm war es.

Im nächsten Atemzug ertappte ich mich dieser Gedanken und riss mich am Riemen. Ich hatte wieder den Respekt vor der Frau, die hier dazugehört. Völlig egal, ob geboren, konvertiert oder assoziiert. Sie hat ihren Grund und ihre Berechtigung, in diesem Raum zu sein. Das stelle ich bei niemandem infrage. Es steht mir nicht zu, dies infrage zu stellen, selbst wenn ich angegriffen werde. Sitze ich einem Vorurteil auf, hoffe ich jedoch auf Selbsterkenntnis und die Möglichkeit, nachzujustieren.

Hier nun liegt meines Erachtens aber die zentrale Krux: die Frage nach dem Grund, weshalb man einen jüdischen Zusammenhang besucht. Ich suche den Orient, das Laute, die Diskussion, die Lieder. Das ist legitim, das ist meine Jüdischkeit. Sie sucht, so vermute ich, wohl eher die Religion. Andere, anderes. Und gut ist's.

Regula erzählt

Da gibt es die Philosemiten, die Antisemiten, die Gleichgültigen und noch ein paar Gebildete.

Natürlich unterhalte ich mich am liebsten mit den Gebildeten. Die wissen zum Beispiel Bescheid über das jüdische Schicksal, kennen sich aus in Politik und nehmen die Geschehnisse einigermaßen differenziert wahr. Sie kennen auch das jüdische Brauchtum ein wenig und sie stellen mir interessierte Fragen, wenn das Thema »Judentum« oder »Israel« zur Sprache kommt. Aber solche Begegnungen sind selten. Damit ich erfahren konnte, was die Leute wirklich denken, hatte ich mir eine Strategie ausgedacht: Ich interviewte mehrere Personen aus meinem Bekanntenkreis und sagte ihnen, dass ich plane, ein Buch über das Thema zu schreiben. In einem meiner Interviews fühlte ich mich mit einem Gebildeten recht wohl, bis er das eigenartige Statement abgab, er finde das Wort »Jude« unschön. Als ich fragte weshalb, konnte er es nicht genau benennen, einfach der Klang des Wortes gefalle ihm nicht, gab er zur Antwort. (Natürlich ist der Klang des Wortes »Jude« mit unschönen Erinnerungen verbunden, auch in der Schweiz!) Sonst fühlte sich mein Gebildeter irgendwie geehrt, dass ich ihn zum Judentum befragte. Zum Schluss des Interviews wollte er von mir wissen, ob er auch alles richtig beantwortet habe, so als ob ich sein Wissen geprüft hätte. Gegenüber Juden sollte man alles richtig machen, sonst gilt man womöglich noch als ungebildet oder Schlimmeres.

All meine verschiedenen Interviewpartner befragte ich zu meinem Status als Vaterjüdin. Die Antworten waren unterschiedlich. Sie reichten von »nicht zugehörig« (mein ehemaliger Rabbiner) bis zu »wer sich jüdisch fühlt, darf sich als Jude bezeichnen« (ein liberaler Schweizer Jude). Die eindrücklichste Antwort kam von meinem jüdischen Freund, der vor 40 Jahren konvertierte und seither in Israel lebt. »Verloren«. So nannte er uns Vaterjuden.

Die Gleichgültigen, das sind die meisten meiner Bekannten und Freunde. Es interessiert sie nicht im geringsten, dass ich eine jüdische Herkunft habe. Judentum und jüdische Geschichte interessiert sie auch nicht. Mit dieser Tatsache habe ich meine liebe Mühe, denn sie blenden damit die ganze Zeit einen wichtigen Teil von mir aus.

Aber ich will sie ja nicht belästigen und überwiegend reden wir über ganz andere Dinge. Es spielt ja meistens auch gar keine Rolle, ob ich jüdisch bin oder nicht. Manchmal lässt sich das Thema jedoch nicht vermeiden und dann kann es vorkommen, dass sich ein Gleichgültiger mit einem Mal als latenter Antisemit erweist. Zum Beispiel fragte mich eine Freundin, als ich begeistert von einem Museumsbesuch in Tel Aviv erzählte: »Woher haben die dort das viele Geld?« Dann ist die Freundin sofort keine mehr und wird zur Bekannten heruntergestuft. Schwierig wird es mit den Gleichgültigen in der Familie meines Mannes. Die kann ich nicht irgendwohin herunterstufen, die bleiben ja angeheiratet verwandt. Deshalb ist es mit diesen Leuten am besten, das Thema weiträumig zu umgehen. Trotzdem habe ich einmal an einer familieninternen Weihnachtsfeier ein jüdisches Musikstück auf dem Cello gespielt. Sie fanden es schön. Irgendwie orientalisch. Aber nicht jüdisch.

Antisemiten kenne ich keine. Ich will sie nicht kennen. Falls mir trotzdem einer über den Weg läuft, meistens getarnt als linker Israelkritiker, wende ich mich sofort ab. Ich reagiere allergisch und muss meiner Gesundheit zuliebe jeglichen Kontakt sofort abbrechen. Wenn dies im Moment nicht möglich sein sollte, weil ich zum Beispiel bei einem Antisemiten eingeladen bin und vorher nicht wusste, dass er einer ist, leide ich. Es ist dann ganz klar, dass ich Jüdin bin. Um mich zu schützen und um den Antisemiten in Verlegenheit zu bringen (er weiß ja nicht, dass er einer ist), sage ich: »Ich bin Jüdin.«

Die Philosemiten sind mir nicht geheuer. Sie lieben mich zwar, aber weshalb? Ich werde das unangenehme Gefühl nicht los, irgendeine Projektionsfläche zu sein. Die meisten Philosemiten kommen aus christlichen Kreisen. Eine sehr nette Christin, die ich in Israel kennengelernt habe, irritierte mich mit ihrem Engagement für die Palästinenser und der Idee, eine Nation für Juden brauche es nicht. Inzwischen schätze ich jedes echte Engagement für Frieden und die Palästinenser, auch ihres. Ein Freund, der sich stets für Israel einsetzt, rückte plötzlich so sehr politisch nach rechts, dass es auch wieder ungemütlich wurde. Die Philosemiten kochen ihr eigenes Süppchen und mit mir hat das gar nichts zu tun.

Ich arbeite in einer zweisprachigen Schule, französisch-deutsch. In den französischsprachigen Klassen gibt es viele Kinder aus Nordafrika, die häufig einen kulturell vererbten Antisemitismus pflegen. Als ich einmal Pausenaufsicht hatte, kamen zwei kleine Mädchen ganz aufgeregt zu mir hergerannt und sagten, ein Junge habe sie als »juif« beschimpft. Ich ging mit ihnen zu meinem welschen Kollegen, der sich um die Aufklärung des Konfliktes bemühte. Da das »Schimpfwort« gar nicht mehr erwähnt wurde, mischte ich mich ein und fragte den tunesischen Jungen, ob er wirklich das Wort »juif« benutzt habe, um die Mädchen zu beleidigen. »Ja, klar«, war seine Antwort. Das habe nichts mit der Religion zu tun, er sei »musulman«, aber in Tunesien sage man halt »juif«, wenn man »malhonnête« (unehrlich) meine. Mein Kollege meinte, er solle hier Französisch sprechen und sich an unsere Regeln halten. Als wir unter uns waren und die Kinder abgezogen waren, brachte ich mein Entsetzen über den Vorfall zum Ausdruck. Mein Kollege meinte, das sei nicht so schlimm, das sei etwa so, wie wenn man sage: »Ils fument comme les turques.« (»Sie rauchen wie die Türken«) – eine Redewendung halt. Ich konnte dann nicht umhin zu sagen, dass ich dies nicht akzeptieren könne, denn ich sei »juive« …

Bin ich überempfindlich? Sind Juden überempfindlich oder könnte es sein, dass nur »Halbjuden« und Konvertiten zu Hypersensibilität neigen? Weshalb reagiere ich beim Thema »Antisemitismus« so stark? Ich muss meine andere, meine jüdische Hälfte verteidigen. Nur in Israel nicht, da ist kein Feindesland. Sonst überall. Überall lauern mögliche Feinde, sprich latente Antisemiten.

Ich spiele in einem Orchester als Cellistin. Mein Cellolehrer ist kein Antisemit. Ihm erlaube ich sogar Witze über Juden. Nicht irgendwelche Judenwitze. Witze über mich. Als ich ihm vom Problem der Bestattung meiner Eltern erzähle, hat er eine Idee. Wie kriegen wir bloß meine Mutter auf den jüdischen Friedhof? Mein Cellolehrer sagt: »Lass sie kremieren und schmuggle die Asche einfach in den Sarg des Vaters.« Darüber lachen wir sehr. Er ist kein Antisemit, er ist auf meiner Seite und er ist witzig. Er erzählt mir von einem Musikkritiker, der geschrieben habe: »XY ist einer der besten Geiger auf der ganzen Welt und wahrscheinlich auch in Israel.«

Die Geigen im Orchester haben eine Registerprobe mit einem Juden. Das spielt zwar überhaupt keine Rolle, denn sie sollen unter seiner Leitung eine Stelle proben. Ich kenne ihn. Er ist ein hervorragender Musiker. Er ist toll! Später sagen die Geigen, meine Orchesterkollegen, er sei schlecht gewesen. Er könne nicht führen. Er könne sehr gut Geige spielen, aber sonst nichts. Sofort wittere ich latenten Antisemitismus. Ich fühle es und gehe auf Distanz. Nur eine einzige Person, meine Freundin, schließt sich der Meinung des Mobs nicht an. Sie sagt, die Probe sei sehr gut gewesen. So könnte es sein, dass mein Instinkt mich nicht trügt. Sie trägt den unterschwelligen Antisemitismus nicht in sich, deshalb kann sie ja auch meine Freundin sein.

Immer wieder werde ich so zur Außenseiterin. Still, denn die anderen merken es ja nicht. Ich nehme keine Stellung, wenn es nicht unbedingt notwendig ist. Ich trete einfach innerlich aus. Zur Seite. Außenseiterin.

Es gibt auch Situationen, in denen ich in Stellung gehe und mich deutlich positionieren muss. Dann sage ich: »Ich bin Jüdin« (obwohl nicht wahr). Dann sind sie perplex und peinlich berührt und schweigen meistens. Das beabsichtige ich auch. Dass sie schweigen. Aber: Nun habe ich mich geoutet und das tue ich sehr ungern. Denn dann ist die Tarnung weg. Sie werden sich von nun an vor mir hüten. Oder mich mit belanglosen Fragen belästigen.

Meine Tochter meint, ich sei voreingenommen. Es sei schwierig für sie, mit mir über das Thema »Judentum und Israel« zu diskutieren, da ich einseitig immer nur die eine Seite verteidige. Wahrscheinlich hat sie recht. Aber weshalb soll ich nicht einseitig sein? Weil ich mit meinem Dazwischensein neutral sein soll? Meine Tochter sagt, sie hätte dies bereits verinnerlicht und erinnere sich an eine Situation im Kindergarten, als sie einen Jungen gestüpft (getreten) habe, weil dieser einen blöden Spruch über Juden gemacht habe (ja, bereits im Kindergarten wird hier der islamische Antisemitismus sichtbar). Sie wolle sich von dieser einseitigen Haltung lösen und zumindest mit ihren Kollegen diskutieren können und nicht einfach abbrechen, so wie ich es tue. Kol Hakavod! Alle Achtung!

In einem Lehrerweiterbildungskurs mit ganz gewöhnlichen Schweizer Lehrern höre ich beim Mittagstisch, dass eine sagt, sie sei in Israel gewesen und es sei dort sehr, sehr schwierig für sie gewesen, sie habe sich gefühlt wie in einem Apartheidstaat. Anstatt aufzustehen und den Platz zu wechseln, frage ich sie, wo genau sie denn gewesen sei, und meinen Alarmzustand, in den ich geraten bin, kann ich leider nicht ganz verbergen. Sie merkt es und beschwichtigt ein wenig, denn sie ist die Kursleiterin und weiß, dass sie zum Thema »Gewaltfreie Kommunikation« eben gerade erst einen Input gegeben hat. Da mischt sich mein Gegenüber ein, eine sympathische, einfache Lehrerin und beginnt, mich auszufragen.

Sie: »Weshalb reist du immer wieder nach Israel, wo kommt dein Interesse her?«

Ich: »Ich habe einen jüdischen Hintergrund.«

Sie: »Aber Israel ist doch eine Wirtschafts- und Militärmacht. Hast du kein Mitleid mit den Palästinensern?«

Ich (beginne mich bereits innerlich zu verabschieden): »Doch, aber die Lage dort ist komplex.«

Sie: »Weißt du, das ist doch eine David-Goliath-Situation. Da fühle ich einfach mehr Sympathie für den Schwächeren. Ich kaufe zum Beispiel keine Orangen mehr aus Israel.«

Ich denke: »Juden sind für dich nur als Opfer akzeptabel, gell.«

Ich sage: »Aber Schweizer Kartoffeln kaufst du?«

Zu Hause erzähle ich diese Geschichte und meine Familie reagiert genervt. Ach, nicht schon wieder. Mein Mann: »Lass dich doch nicht immer in solch sinnlose Diskussionen verwickeln.« Meine Tochter: »Red doch mit den Leuten so, dass sie dich verstehen.«

Und ich fühle mich wieder einmal zwischendrin und weiß einfach immer noch nicht, wie ich dem alltäglichen Antisemitismus hier begegnen soll.

Ich gerate mehr zufälligerweise in ein Seminar an der Uni Bern mit Lizzie Doron, der berühmten und geächteten Schriftstellerin aus Israel. Ich bin sehr beeindruckt. Am nächsten Tag hält sie noch ein öffentliches Gespräch und da nehme ich meine Tochter mit. Auch Lucie ist fasziniert und sagt mir danach: »Von ihr akzeptierst du Israelkritik und hast Verständnis für die Unterdrückung der Palästinenser. Warum von sonst niemandem?« Das ist wie bei den Judenwitzen. Die dürfen eben nur Juden machen.

Mein jüdischer Freund

Ich habe einen Freund. Er ist Israeli, vorher war er Schweizer. Das ist er immer noch, und schwul war er auch immer. Ich kenne ihn seit 40 Jahren. Einmal war er der Freund meiner Schwester und er hat bei uns in der Familie gewohnt. Er kommt aus einer ganz normalen Schweizer Familie, die mit Jüdischsein gar nichts zu tun hat. Aber er wollte jüdisch werden. Deshalb kam er zu uns, vor allem zu meiner Mutter, die ist aber gar nicht jüdisch. Komisch.

Während meiner Zeit ohne Judentum und Israel hatte ich ihn beinahe vergessen. Dann haben wir uns wiedergefunden, in Bern zwar, aber danach immer wieder auch in Israel. Seine Geschichte ist schön, das heißt, sie gefällt mir. Er hat sich so radikal sich selbst zugewendet, dass ich ihn einfach ins Herz geschlossen habe. Heute lebt er mit seinem Mann in Israel, hat drei fast erwachsene Söhne und nun mit seinem Mann noch einmal ein Baby. Dieses Baby hat aber auch eine Mutter, ja, so was ist möglich in Israel, geteilte Elternschaft von Beginn an. Mein Freund wollte vor 40 Jahren wie gesagt jüdisch werden. Wenn ich ihn frage weshalb, kann er es nicht genau sagen, es sei einfach klar gewesen, meint er. Er wurde dann auch in der jüdischen Gemeinde Bern aktiv, aber konvertiert ist er in Israel und seine erste Frau hat er auch in Israel geheiratet, damit er im Land bleiben konnte. Denn er wollte immer schon in Israel leben. Die Ehe hielt dann nicht für die vorgeschriebene Zeit, er blieb. Wie er zu seiner zweiten Frau gekommen ist, weiß ich nicht mehr. Sie ist eine Jemenitin. Seine Söhne sehen ganz anders aus als er, der hellhäutige, blonde, blauäugige Schweizer. Trotzdem ähneln sie ihm. Der Rabbiner, der die beiden, meinen Freund und seine jemenitische Frau, getraut hat – nach jüdischem Ritus selbstverständlich –, wusste, dass mein Freund schwul ist. Sehr komisch. Und irgendwie trotzdem nett. Mein Freund war orthodox. Er wollte ein jüdisch konformes Leben führen, dazu gehört nun mal eine Frau, denn: Seid fruchtbar und mehret euch. Es ging lange Zeit gut. Aber natürlich nicht für immer. Die Scheidung kam, als die Kinder noch Kinder waren, aber nicht mehr ganz klein. Heute wissen sie, dass mein Freund mit einem Mann zusammenlebt. Aber er will kein Buch schreiben. Deshalb bekommt er einen Abschnitt in meinem Buch. Seine Geschichte ist schön. Sie ist jüdisch und normal. Er lebt ganz normal, mit Mann und Kind, und ist jüdisch. Ist das etwa nicht normal? Er spricht perfekt Schweizerdeutsch und Iwrith. Das ist doch auch normal, oder?

Mein deutscher Freund

Jahrelang konnte ich nicht nach Deutschland reisen. Dieses Land war in unserer Familie mit einem Tabu belegt. Über einen bemerkenswerten Umweg schaffte ich es vor ein paar Jahren doch dorthin. Ich suchte im Internet nach jüdischer Musik, die ich spielen wollte, und stieß auf einen jungen deutschen Komponisten. Es entstand eine Freundschaft und ich besuchte ihn mehrmals, lernte seine Familie kennen und erkannte, dass mein Jüdischsein von großer Bedeutung für ihn war. Es ging um diese deutsche Familiengeschichte, mich hineinzulassen, weil ich jüdisch war. Da habe ich echtes Interesse gespürt. Ausgerechnet in Deutschland begegnete ich jemandem, der sich für mein Judentum interessierte. Allerdings musste ich diese anfängliche Begeisterung wieder relativieren, als mir bewusst wurde, dass ich da »gebraucht«, auch instrumentalisiert wurde. Ich kam gerade recht, zwar nur eine halbbatzige Jüdin, aber trotzdem was Jüdisches, das die Scham über die eigene Geschichte vielleicht etwas mildert? Mein Freund sagte mir, seine Mutter lasse mich nur bei sich wohnen, weil ich »jüdisch« sei. Darüber war ich doch ziemlich erstaunt und befremdet. Ich dachte, es ginge um mich als Person, dem war aber nicht so. Bei der näheren Betrachtung meiner neuen deutschen Freunde ist mir dann klar geworden, dass ich in ihrem »Gedächtnistheater« eine Rolle zu spielen hatte (den Begriff habe ich im Buch von Max Czollek, »Desintegriert euch!«, gefunden). Als ich keine Lust mehr auf dieses Rollenspiel hatte, wandelte sich die Freundschaft. Sie zerbrach definitiv, als er mich fragte, wo er »schlimme Bilder vom Holocaust« herbekommen könne, er wolle einen Film drehen, untermalt mit seiner jüdischen Musik und damit »ein Zeichen gegen Rechts« setzen. Zuerst kooperierte ich noch (wie so oft schon) und verwies ihn auf Yad Vashem, machte ihn jedoch gleichzeitig darauf aufmerksam, dass es schon genügend Holocaustkitsch gebe und er da nicht mitzumachen brauche in diesem unerträglichen Genre. Es kam dann zum fatalen Missverständnis, das vielleicht gar keines war, sondern die Wahrheit unserer Verbindung aufzeigte. Er meinte, ich unterstelle ihm, er wolle sich mit diesem Thema bereichern. Das meinte ich nicht, wollte aber doch klar aufzeigen, dass es eine Art Missbrauch des Themas darstellt. Eben das Gedächtnistheater. Das verstand er nicht. Er hatte es doch nur gut gemeint. Einmal mehr war »gut gemeint« das Gegenteil von gut. So war meine ursprüngliche Freude, zu einem jungen Deutschen eine echte Verbindung hergestellt zu haben, in eine tiefe Enttäuschung umgeschlagen. Deutschland ist mir aber ein vertrauter Ort geworden, auch wegen anderer Menschen, die ich inzwischen kenne. Als ich mit meinen Interviews schon begonnen hatte, bat ich meinen damaligen Freund auch um eines. Nach anfänglichem Zögern willigte er ein, mir meine Fragen schriftlich zu beantworten (mündlich ging nicht, da er sagte, dieses Thema ginge ihm zu nahe). Hier ein Auszug aus diesem schriftlichen Interview.

Das Interview

R: *Hast du eine besondere Beziehung zum Judentum und wenn ja, welche?*

D: Ja, durch meine innere Sprache als Musiker, primär durch die jüdische Musik. Bereits als Kind habe ich viele bekannte jüdische Melodien gehört. Diese Musik sitzt mit ihrer Mischung aus Freude und Wehmut so tief in mir, dass ich bereits als Kind jüdische Melodien selbst geschrieben und später als Kompositionen ausgearbeitet habe. Auch heute ist es mir immer noch ein Bedürfnis, jüdische Musik zu schreiben, Stücke, die schmerzhaft sind und die die anhaltenden Auswirkungen und transformierten Folgen des Antisemitismus, letztendlich der Shoa beschreiben. Das Judentum war auch im Rahmen meiner religiös-christlichen Erziehung immer präsent, gleichberechtigt, nah und positiv belegt.

R: *Empfindest du als junger Deutscher, der die Tätergeneration noch persönlich kennt oder gekannt hat, heute noch Schuldgefühle gegenüber Juden?*

D: Ja. Aber nicht persönlich, sondern als Teil einer Art kollektiven Schuld des deutschen Volkes gegenüber Juden. Nationalsozialistische Symbole, auch angedeutete, bewirken bei mir, dass ich einen Schreck bekomme und mir die Luft wegbeleibt. Das ist tief in mir, wie wohl auch bei den meisten anderen Deutschen zumindest noch in meiner Generation verankert. Ich bin so sozialisiert worden. Der Holocaust war immer Thema in meiner Familie.

R: *Hat Deutschland deiner Meinung nach genug getan zur Aufarbeitung der eigenen Geschichte?*

D: Deutschland arbeitet immer noch auf. Ein »Genug« gibt es da nicht. Die Perspektive scheint sich aber zu wandeln, da es leider nicht mehr viele Zeitzeugen gibt. Die Aufarbeitung scheint theoretischer zu werden.

R: *Wie sollte deiner Meinung nach in Zukunft darüber gelehrt und gesprochen werden?*

D: Genau so, wie es tatsächlich war. Schonungslose Aufklärung über die Schrecken. Mit allen Details, denn genau diesen waren Millionen Menschen ausgesetzt. Keine Verallgemeinerungen, denn dann würde man dem Einzelnen, der gelitten hat und gestorben ist, nicht gerecht. Das Einzelschicksal darf nicht in abstrakten Zahlen aufgehen. Es sollte nicht nur historisch gelehrt werden, Augenzeugenberichte sollten auch Teil sein. Die Taten sollen einen treffen, ganz brutal, damit man es überhaupt irgendwie nachvollziehen kann.

R: *Wie wurdest du mit der Shoa konfrontiert?*

D: Zunächst in der Familie durch meine Eltern mit ihren jeweils so unterschiedlichen Vätern. Eine konkrete Konfrontation war mein Großvater mütterlicherseits, der bis zu seinem Tod ein Nazi war. Er war passiv, dümmlich, nie wirklich arbeitend bei wohlhabendem Lebensstil. Ein »Gewinner« nach dem Krieg. Keine Spur von Reue. Seine trotz angestrengter Selbstkontrolle plötzlichen nationalsozialistischen und antisemitischen Ausbrüche schon als ich ganz klein, so etwa 3 Jahre alt war. Die heftige Reaktion meiner Eltern danach ihm gegenüber, obwohl mir durch meine Erziehung schon damals, allerdings sehr kindlich, klar war, dass das, was er erzählt, auf Schärfste verurteilt werden muss, was ich damals aber noch nicht konnte. Das hat mich gegenüber dem Thema »Holocaust« immer wachgehalten, mir wurde schon als Kind vor Augen geführt, dass dieses widerliche Gedankengut teilweise überlebt hat und dass man aufmerksam beobachten und notfalls eingreifen muss, damit es keinen Nährboden mehr findet. Mein Großvater sagte immer »der Jud« – nie »der Jude« oder »ein Jude« – und breitete dann seine menschenverachtenden und teilweise sehr naiv-dummen Überzeugungen aus. Er sagte das in einem bestimmten, überlegenen Tonfall, den ich bis heute nicht vergessen kann. Eine Genugtuung meinem Großvater gegenüber war es, ihn später mit meiner eigenen jüdischen Musik zu konfrontieren. Meine Mutter musste irgendeinen Umgang mit ihrem Vater finden. Dann mein Vater, der wie seine Eltern eine völlige Ablehnung und Verurteilung der Nazi-Ideologie bis heute aktiv gelebt hat und nie eine Konfrontation mit Antisemiten gescheut hat. Beide Eltern haben mich von klein auf schonungslos aufgeklärt. Ich habe bereits als etwa Zehnjähriger »Anus mundi« von Wiesław Kielar gelesen, weil ich wissen wollte, was genau damals passiert ist. Das hat mich geprägt. Mir kommen immer noch Tränen, wenn ich daran denke.

R: *Wie begegnest du jüdischen Menschen? Gibt es einen Unterschied in der Begegnung zu Menschen mit einer anderen Konfession?*
D: Ich begegne jüdischen Menschen wie allen anderen Menschen auch. Ich mache keinen Unterschied.

R: *Wer ist Jude oder Jüdin?*
D: Diejenigen, die sich als solche bezeichnen und damit ihre Religion oder ihren kulturellen oder familiären Hintergrund darlegen möchten.

R: *Sind Juden als solche erkennbar?*
D: Nein.

R: *Kennst du persönlich Juden?*
D: Ja.

R: *Wie zeigt sich Antisemitismus heute?*

D: In Deutschland wohl eher indirekt verpackt in der Kritik an Israel. Es gibt eine Art kollektive Selbstkontrolle, die offenen Antisemitismus schnell unterbindet. Ich hoffe, das bleibt so. Außerhalb Deutschlands gibt es leider auch sehr offenen Antisemitismus.

R: *Wie reagierst du, wenn du antisemitische Äußerungen hörst oder davon liest?*

D: Ich unterbinde solche sofort im Gespräch. Bei geschriebenen Äußerungen wird häufig darüber im Familien- oder Freundeskreis, aber auch mit Arbeitskollegen diskutiert.

R: *Ist Philosemitismus gleichzusetzen mit Antisemitismus?*

D: Im Dritten Reich waren Philosemiten aus politischer Sicht gefährdete Personen, Philosemitismus ist heute in Deutschland aber wohl eher Teil des kollektiven Schuldgefühls. Berührungspunkte mit dem Antisemitismus sind wahrscheinlich genau dieselben Vorurteile Juden gegenüber, nur aus einer jeweils anderen Perspektive. Gleichzusetzen ist beides sicherlich nicht, Philosemitismus kann aber durchaus interessengeleitet sein.

R: *Welche Verbindung haben Juden zum Staat Israel?*

D: Ein Refugium. Ein religiöses Zentrum.

R: *Ist Kritik am Staat Israel per se antisemitisch?*

D: Nicht zwingend. Es hängt von den Motiven und der Objektivität der Kritik ab.

R: *Sind dir solche Fragen unangenehm oder neutral oder interessieren sie dich besonders?*

D: Sie interessieren mich sehr, sind für mich offenbar nicht ganz neutral, da ich nicht spontan antworten kann (weil dieses Interview schriftlich geführt wurde).
Unangenehm sind sie nicht, aber sehr sensibel.

Ein witziges Buch?

Ein Schweizer Jude hat ein sogenanntes »witziges Buch« geschrieben über Juden in der Schweiz. Es wurde sogar verfilmt und der Film war noch erfolgreicher als das Buch. So erfolgreich, dass bald eine Fortsetzung erschienen ist, die ich jedoch nicht mehr lesen mag. Der Klappentext hat mir gereicht: Weltverschwörung, Nazis, alles bekannte Schlagwörter … Einhellige Freude bei meinen Schweizer Freunden darüber, wie lustig diese Juden doch sind, zwar ein wenig verschroben und »wunderlich« (ein Wort im Titel des Buches), aber alles in allem sympathisch. Sie finden es allesamt amüsant. Wieder einmal stehe ich allein da mit meiner Skepsis und meinem Instinkt für jüdische Klischees, die rasch in Antisemitismus umschlagen können. Das Perfide daran ist, dass es ja ein Jude geschrieben hat, der kann doch gar keine bedenklichen Stereotypen verbreiten. Wie erfrischend, dass ein Jude sich wagt, die Macken seiner Glaubensgenossen aufzuzeigen. Ich bin jedoch gar nicht davon angetan. Es ist nicht lustig, es ist doof und plump und gefährlich. Aber das verstehen sie nicht, meine Freunde. Diese Sensibilität geht ihnen ab und es geht ihnen auf den Wecker, dass ich ihnen die Freude verderben will. Zu meiner Freude lese ich jedoch in meiner Tageszeitung einen kritischen Bericht zu diesem Buch. Offenbar ist es doch von einem breiteren Interesse, das Thema kritisch zu beleuchten? Bin ich doch nicht ganz allein? Der Autor in der Zeitung ist jedoch Judaistik-Dozent und von daher ein Experte. Aber es freut mich, dass er zu Wort gekommen ist. Er nennt in seinem Artikel andere gute jüdischen Satiren, die Netflixserie »Shtisel« etwa, oder Sacha Baron Cohen.

Der einzige Schweizer Freund, der mich versteht, ist wieder einmal mein Mann. Ist er bereits so von mir beeinflusst, dass er selbst schon zum »Halbjuden« mutiert ist? Auf jeden Fall bin ich in so einer Situation eine ganze Jüdin und nicht nur eine halbe.

Leserbrief vom 29.11.2015 an »tachles«, das jüdische Wochenmagazin in der Schweiz

> Sehr geehrte Redaktion
> Die Tagung des SIG zum Thema »Interreligiöse Paare als Teil unserer Gesellschaft« hat mein Interesse geweckt, bin ich doch selber Tochter eines jüdischen Vaters und einer nichtjüdischen Mutter. Dass weniger Teilnehmende als erwartet gekommen seien (Tachles berichtete darüber), erstaunt mich nicht. Noch immer wird das Thema tabuisiert und direkt Betroffene werden ausgegrenzt.
> Meine Recherche zu einem Buch mit diesem Thema hat mich zahlreiche Interviews führen lassen. Alle meine jüdischen Interviewpartner bestätigten mir, dass das Thema in den jüdischen Gemeinden verdrängt werde und man nicht recht wisse, wie damit umzugehen sei. Meine persönliche Geschichte hat mich bewogen, mich näher mit der Thematik zu beschäftigen. Ich wurde jüdisch erzogen, ging in den Religionsunterricht wie alle anderen jüdischen Kinder auch, war aktiv in der jüdischen Jugendgruppe und habe es als diskriminierend und schmerzlich erlebt, dass ich keine Bat Mizwa machen durfte. Meine jüdische Identität wurde nie als solche anerkannt und dieser Umstand hat dazu geführt, dass ich für lange Zeit den Kontakt abgebrochen hatte. Trotzdem blieb ich stark verwurzelt und reiste immer wieder nach Israel und habe mir dort einen Freundeskreis aufgebaut.
> Diese Frage beschäftigt mich: Warum wurde Kindern wie mir die Aufnahme in eine jüdische Gemeinde verunmöglicht? Weshalb hätte es einen Giur gebraucht, wie für alle anderen Nichtjuden? Das habe ich als Kind und Jugendliche nie verstanden und bis heute bleibt dieses Gefühl des Unverstandenseins zurück. Mittlerweile habe ich meine »Dazwischen-Identität« längst akzeptiert und erlebe gerade diese als Bereicherung. Wenn im erwähnten Artikel jedoch steht: »Die Halacha ist nicht ganz so engstirnig, wie viele meinen«, muss ich widersprechen. Die Halacha ist vielleicht nicht engstirnig, aber engherzig ist sie ganz bestimmt.

Der Leserbrief wurde publiziert, Reaktionen darauf habe ich keine erhalten.

Juden in der Schweiz

E-Mail vom 20. März 2015 von einer jüdisch schweizerischen Organisation:

> Betreff: Anmeldung zur Mitgliedschaft
>
> Sehr geehrte Frau Weil
> Herzlichen Dank für Ihr Interesse an unserer Organisation.
> Da laut unseren Statuten Kinder von jüdischen Vätern nicht als jüdisch betrachtet werden, kann ich Sie leider nicht als Sympathisantin aufnehmen. Ich nehme sie aber sehr gerne auf die Liste unserer Versände, so erhalten Sie dieselben Informationen wie die anderen.
> Übrigens ist die Patrilinearität innerhalb des europäischen Dachverbandes ein immer wiederkehrendes Thema.
> Freundliche Grüsse

Nach dieser Mail habe ich nie wieder etwas erhalten oder gehört von diesen Juden.

Ionka erzählt

Freundinnen, Freunde und ein paar andere Leute

Eine Freundin von mir hatte einen jüdischen Mann. Also eigentlich hat sie ihn immer noch, aber sie sind geschieden und wenn man sie zusammen sieht, glaubt man nicht, dass sie geschieden sind. Sie streiten so herrlich verbissen und vertraut. Jedenfalls hat sie mit diesem Mann einen Sohn. Es ist ihr zweiter Sohn. Den ersten hat sie von einem anderen Mann in einem anderen Land bekommen. Von diesem anderen Mann ist sie irgendwann nebst Kind aus sehr gutem Grund bei Nacht und Nebel geflohen – nein, nein, es war kein muslimischer Mann – und eben bei dem jüdischen Mann gelandet. Heute sind beide Söhne ziemlich erwachsen. Der patrilineare Sohn studiert Medizin und tritt damit in die Fußstapfen seines Vaters. Der andere – der überhaupt kein bisschen jüdische – hat seit langer Zeit eine Freundin aus orthodoxem jüdischem Elternhaus. Er möchte sie heiraten und sie ihn auch. Aber es gibt ihrerseits eine Bedingung. Richtig geraten: Er muss vorher zum Judentum übertreten. Nach einigem Hin und Her hat er sich dagegen entschieden und die beiden haben sich getrennt. Aber dann sind sie doch wieder zusammengekommen und jetzt haben sie schon seit einem Jahr koschere Küche – alles Milchige und Fleischige fein säuberlich getrennt usw. – und er konvertiert. Also er versucht es. Wie ja ziemlich bekannt, machen es einem die Juden nicht gerade leicht, zu ihnen zu gehören. So ergeht es auch dem älteren Sohn meiner Freundin. Bei ihren Gesprächen wirft der Rabbiner immer neue Fragen auf, stellt neue Bedingungen. Jetzt scheint aber ein anderer Rabbiner für ihn zuständig zu sein und es keimt Hoffnung auf. So hat es mir jedenfalls meine Freundin erzählt, die sich aber nicht so richtig traut, ihren Sohn nach den Übertrittsverhandlungen zu fragen. In gewisser Weise tritt also auch dieser Sohn in die Fußstapfen seines (Stief-)Vaters. Und meine Freundin? Sie feiert den Sederabend und Rosh Hashana bei den hoffentlich künftigen Schwiegereltern ihres Sohns und kennt sich mit Jüdischsein deutlich besser aus als ich. Und der vaterjüdische Sohn? Den interessiert die ganze Sache mit jüdisch sein oder auch nicht kein bisschen. Und der jüdische Vater/Stiefvater? Der stammt von kommunistischen Auschwitz-Überlebenden ab, ist Atheist, liebt beide Söhne – und vermutlich auch seine Exfrau noch – inniglich. Aus seinem Judentum macht er sich angeblich nichts, reagiert aber äußerst gereizt, wenn meine Freundin Kritisches über die israelische Politik äußert.

Eine Freundin von mir hatte einen jüdischen Vater. Ihr Ehemann war nichtjüdisch. Leider ist er tot. Er war ein toller Mann. Die gemeinsame Tochter, die einen sehr jüdischen Vornamen trägt, beschäftigt sich in letzter Zeit zunehmend mit ihren jüdischen Anteilen. Das ist erst mal gut so – warum auch nicht. Ein Viertel jüdisch zu sein ist ja mehr als gar nicht jüdisch sein, auch wenn die jüdischen Gemeinden das, wie schon erwähnt – oder etwa doch noch nicht? –, ganz anders sehen, zumindest wenn das Viertel nicht von einer Großmutter mütterlicherseits kommt. Also jedenfalls ist ein Großvater väterlicherseits in deren Augen wirklich ganz und gar nichts. Die Tochter meiner Freundin jedenfalls – ein sensibles, künstlerisch und auch sonst begabtes Wesen – identifiziert sich jetzt bis zu dem Punkt mit ihrer Viertel-Wurzel, dass sie von »die Deutschen« und »wir Juden« spricht und ihr Dreiviertel-Deutschtum ziemlich verdrängt. Aufgeregte nächtliche Telefonate und lange aufklärerisch gemeinte E-Mails von mir ändern nichts an der postulierten Dichotomie. Wenn ich zum Beispiel sage, dass ich zwar einen jüdischen Vater habe, aber keine Jüdin bin; dass ich zwar staatenlos geboren wurde, aber doch eindeutig Deutsche bin, wenn auch nicht immer besonders gern; dass ich Antisemitismus zur Kenntnis nehme, zurzeit aber vor allem die Verrohung der Gesellschaft durch das Erstarken der Rechten als Bedrohung sehe – dann kann die Tochter meiner Freundin damit aber auch gar nichts anfangen. Ist das jetzt Folge tertiärer Traumatisierung, ist sie generell instabil oder bin ich einfach unsensibel? Mal schauen, was noch draus wird.

Eine Freundin von mir hat einen jüdischen Vater (nein, es ist nicht dieselbe – ich habe glücklicherweise viele Freundinnen und einige davon haben eben jüdische Väter). Dieser Vater hat die Nazizeit traumatisiert überlebt. Er war depressiv, manchmal suizidal, gelegentlich gewalttätig gegen seine Kinder, also die Sorte Vater, bei der man als Kind die A****karte gezogen hat. Die Kinder sind aus diesem Elternhaus – mit sehr freundlicher, christlicher Mutter und areligiösem, eben nicht freundlichem jüdischen Vater – nicht wirklich gut rausgekommen. Die Blessuren reichen von »ganz fürchterlich« bis »gerade noch erträglich«. Eine der Schwestern meiner Freundin ist vor langer Zeit nach Israel ausgewandert. Sie lebte lange in Jerusalem – in Mea Shearim, wem das was sagt – als Jüdin unter Juden, wie ich glaubte. Irgendwann erzählte mir meine Freundin verschämt, dass ihre Schwester sich als klandestine christliche Missionarin unter diesen Ultraorthodoxen versteht. Dieses Geständnis ist jetzt auch schon eine ganze Weile her. Mittlerweile ist diese Schwester Siedlerin, erhält eine Art Ehrenpension vom jüdischen Staat und, wenn ich es richtig sehe, versteht sie sich jetzt doch noch als Jüdin unter Juden. Das Thema ist zwischen mir und meiner Freundin heikel. Nicht nur wegen des etwas peinlichen Status der Schwester, sondern auch wegen Israel überhaupt. Sie teilt zwar meine inhaltliche Kritik weitgehend, findet aber, dass ich maßlos übertreibe – zugegebenermaßen eine meiner herausragenden Charaktereigenschaften.

Eine Freundin von mir hatte einen halbjüdischen Vater – aber immerhin von Mutterseite. Dessen Mutter, also die Großmutter meiner Freundin, ist in jungen Jahren zum Christentum übergetreten. Da sie in Polen lebte, wurde sie Katholikin. Verheiratet war sie mit einem Metzger – natürlich keinem koscheren. Als sie Mutter wurde, ließ sie ihren Sohn katholisch taufen. Aber so ganz sicher war sie sich dann doch nicht mit Jesus und so. Für alle Fälle hat sie für ihren Sohn – den Vater meiner Freundin – dann über die Beschneidung doch noch den Bund mit dem jüdischen Gott organisiert. Meine Freundin sagt, dass ihr Vater sich überhaupt nicht jüdisch gefühlt hat, sondern als Christ. Das hat ihm dann in der Nazizeit auch nicht wirklich geholfen, aber er hat's überlebt. Das einzig Jüdische bei ihm sei das »Schachern« gewesen, also der Versuch, immer das Beste für die (Groß-)Familie rauszuholen und sei's auch gelegentlich mit kleinen krummen Dingerchen. Es gab dann ein bisschen Hickhack zwischen uns beiden, denn das ist so gar, gar, gar nicht das, was ich unter jüdisch sein verstehe. Der Vater meiner Freundin sah übrigens überhaupt nicht polnisch aus: Er hatte einen olivfarbenen Teint und sehr dunkle, fast schwarze Augen. Leider habe ich ihn nicht gefragt, ob er sich jüdisch fühlt und falls ja, woran er das festmacht. Und jetzt ist er schon lange tot. Schade – ich würde meiner Freundin so gern fundiert widersprechen.

Ein Freund von mir, der ganz jüdisch ist, hatte sozialistische Eltern und weder die noch er hatten und haben mit Religion was am Hut. Mit diesem Freund ziehe ich wonnevoll über Israel her. Unter Juden und halben Jüdinnen darf man das ja wohl. Obwohl ich von einigen nichtjüdischen Deutschen weiß, die das für jüdischen Antisemitismus halten. Komische Leute gibt's. Wenn die das nur auf die sogenannte Jüdische Gruppe in der AfD bezogen hätten. Aber nein, der, den ich im Auge habe, wendet es vor allem auf jüdische Israelkritiker an. Jedenfalls ist mein Freund wiederum mit einem anderen Juden befreundet, der der Meinung ist – und dies auch schriftlich dargelegt hat –, dass die Staatsgründung Israels illegitim war und u. a. zu dem Nahost-Schlamassel geführt hat. Damit hat dieser Freundesfreund sich ziemlich in die Nesseln gesetzt, vor allem auch innerhalb seiner jüdischen Gemeinde, der er sehr verbunden war. Ich glaube, jetzt ist er kein Gemeindemitglied mehr. Zu den vaterjüdischen Verwicklungen meines Freundes: Der hat nämlich einen patrilinearen Sohn, also ein Kind mit einer nichtjüdischen Frau, was ja offenbar nicht allzu selten ist. Aber dass er von diesem Sohn bis zu dessen Pubertät keine Ahnung hatte, kommt dann doch deutlich weniger oft vor. Erst war er damals ziemlich verblüfft und misstrauisch, ob es sich hier wirklich um einen Spross aus seinen Lenden handelt. Seine Freunde allerdings – ich auch – waren gleich ganz sicher, dass es sich um den »verlorenen Sohn« handeln muss. Die beiden sehen sich nämlich ähnlich wie eineiige Zwillinge mit 25 Jahren Altersunterschied. Dieser patrilineare Sohn ist jetzt schon eine Weile wieder aus der Pubertät heraus und geradezu skandalös indifferent gegenüber seinen jüdischen Wurzeln, obgleich er mit seinem Vater mittlerweile sehr eng verbunden ist. Mal schauen, ob das so bleibt – ich meine natürlich das mit der Indifferenz.

Ein Bekannter von mir ist sehr stolz darauf, Jude zu sein. Er ist nicht besonders gläubig, aber auch keinesfalls ungläubig. Den Sabbat heiligt er meist. Auch die hohen Feiertage werden von ihm begangen. Dazu kommen zwei seiner drei Kinder zu Besuch, beim dritten ist es so, wie beim oben erwähnten Sohn meines Freundes: Er hat erst spät von ihm erfahren – vielleicht also doch ein häufiger vorkommendes Ereignis bei jüdischen Vätern? Alle Kinder haben eine nichtjüdische Mutter. Er selbst ist in Israel groß geworden, hatte eine ostjüdische Mutter und einen indisch-jüdischen Vater. (Sagt man das so? Dass es in Bombay eine große jüdische Gemeinde gibt, habe ich erst so erfahren.) In seinem Beruf ist mein Bekannter auf jüdische Themen spezialisiert. Die Halacha und ihre Folgen für seine Kinder findet er ziemlich o. k. Allerdings schien er mir ganz und gar verblüfft, als ich ihn fragte, warum er denn keine jüdische Mutter für seine Kinder gewählt habe, dann hätte er doch immerhin jüdische Kinder. Na ja, er habe sich halt immer nur in nichtjüdische Frauen verliebt, sonst wäre das für ihn irgendwie so gewesen, als hätte er mit seiner Schwester intim sein wollen. Ob er diese Kinder, die ja nun nicht jüdisch sind, ein bisschen verachtet oder zumindest als nicht ganz gleichwertig erachtet, entzieht sich meiner Kenntnis. Die beiden mir bekannten Kinder sind übrigens reizende Menschen, trotz ihres Vaters, den sie meist nur nur am Schabbes, den einschlägigen Feiertagen und gelegentlich in den Schulferien sehen. Von diesen Kindern weiß ich nicht, was es für sie bedeutet, diesen jüdischen Vater zu haben, welche Bedeutung für sie der Schabbat und die hohen Feiertage haben, ob sie darunter leiden, dass sie für ihren Vater und fast alle anderen keine Juden sind, ob sie womöglich gerade auf dem Weg zum Giur sind. Wäre spannend, all das mal zu fragen. Aber mit diesem Bekannten habe ich keinen Kontakt mehr.

Eine Frau, die ich kennengelernt habe, hat einen jüdischen Vater und eine Mutter, die einmal nichtjüdisch war. Da sie kurz vor der Geburt dieser Frau den Übertritt zum Judentum geschafft hat – quasi auf den letzten Drücker –, ist ihre Tochter ziemlich jüdisch, ganz formal sogar ganz jüdisch. Die ist nun in der jüdischen Gemeinde sehr aktiv, wird aber von den Gemeindemitgliedern, also den echten Juden, nicht ganz für voll genommen und bekommt das zu spüren. Sie sagt von sich »halachisch ist alles in Ordnung mit mir«, so richtig glücklich wirkt sie dabei aber nicht. Diese Frau hat nun Kinder von einem Goj. Diese Kinder sind selbstverständlich jüdisch, dürfen mit auf die Jugendfreizeiten der Gemeinde, Bat und Bar Mizwa machen usw. Sie haben zwar nur einen echten jüdischen Großvater, sind aber voll echt. Und die Tochter wird auf jeden Fall wieder jüdische Kinder auf die Welt bringen, egal ob sie dafür einen jüdischen oder nichtjüdischen Mann nutzt etc. Ich gönne ihnen und den künftigen Juden das natürlich, bin ich doch mit meinem Doppelstatus als Mischling hoch zufrieden. Aber ulkig ist es schon. Einerseits die halachische Reinheit, andererseits abstruse Vererbungen bis ins 10. Glied. Na, die müssen wissen, was sie wollen. Mich wollen sie jedenfalls nicht so, wie ich bin – und ich will sie auch nicht. Und nicht ausschließlich aus Trotz.

Ein Mann, den ich kenne, hat einen KZ-Überlebenden zum Vater. Seine Mutter hat die Familie verlassen, als er noch ein kleines Kind war und der Vater blieb ledig und alleinerziehend. Er hat – wie das unter Überlebenden halt oft üblich war – seinem Sohn nicht erzählt, dass er im Lager war. Der hat das irgendwie über Dritte erfahren. Als er seinen Vater, der fromm war, die Feiertage eingehalten hat und aktives Mitglied der jüdischen Gemeinde war, gefragt hat, wie das alles so sei mit ihm und dem Judentum und dem Überleben meinte der Vater, das ginge ihn, seinen Sohn, überhaupt nichts an. Er sei ja schließlich kein Jude. Immerhin hatten beide eine gemeinsame Leidenschaft: Schachspielen. Der Sohn reißt übrigens mit anderen Leuten, die er dafür wahnsinnig verachtet, antisemitische Witze. Und als besten und langjährigen Freund hat er einen, der sehr, sehr jüdisch ist.

Eine Frau, die ich getroffen habe, lebt in den USA. Sie hat einen jüdischen Vater und – Wunder über Wunder – keine jüdische Mutter. Sie ist Atheistin oder vielleicht auch nur Agnostikerin. Sie ist eine Linke – für die USA jedenfalls. Und sie ist durch und durch jüdisch, in ihrer – liberalen – Gemeinde fest verwurzelt. Sie beschäftigt sich intensiv mit ihren deutsch-jüdischen Vorfahren. Deshalb kenne ich sie überhaupt. Diese Frau war wirklich verblüfft, als sie hörte, dass hier in Deutschland die Vaterjuden zwar Vater- aber keine Juden sind – auch in Gemeinden, die nicht ultraorthodox sind. Sie hat mich zu sich nach New York eingeladen, damit ich mal so richtig jüdisch sein kann. Aber in die USA will ich nicht. Ist das das sozialistische Erbe oder eher eine ausgeprägte Trump-Phobie? Keine Ahnung. Jedenfalls werde ich dann wohl eher nie so richtig jüdisch sein. (Da sieht man mal, wie lange die Fertigstellung dieses Buchs gedauert hat: Trump ist ja längst Geschichte – aber in die USA will ich immer noch nicht reisen.)

Die jüdischen Gemeinden und wir

Bevor die Russen kamen waren die jüdischen Gemeinden in Deutschland auf ca. 8.000 meist ältere Menschen geschrumpft – was für ein winziger Haufen! Dann wurde durch die russischen Zuwanderer und vor allem Zuwanderinnen vieles anders und auch das Blatt für die Patrilinearen wendete sich dadurch ein bisschen. Es weiß nämlich niemand, wie viele Vaterjuden sich unter den aus Osteuropa Eingewanderten befinden. Auch die Betroffenen selbst oft nicht, denn in der Sowjetunion bekamen diejenigen das »J« in den Pass und nahmen sich als jüdisch wahr, die in einer Familie mit jüdischem »Familienoberhaupt« – also Vater – lebten bzw. aus einer solchen Familie kamen. Für die Jüdischkeit oder Nichtjüdischkeit der Mutter interessierte sich kein Schwein. (Ja, liebe Ex- und Heute-noch-Kommunisten: Auch wenn ihr das nicht hören wollt – so war das in der Sowjetunion bis zu deren Zusammenbruch. Es lebe der sozialistische Antisemitismus!) Diese Familien bekamen also das begehrte Niederlassungsrecht in Deutschland und viele jüdische Gemeinden scherten sich nicht wirklich um halachische Wahrheiten. Jedenfalls: Den in Deutschland Angekommenen boten die Gemeinden Aufnahme, Schutz, Unterstützung und einen gemeinsamen Ort. In einigen Gemeinden grummelte es: »Sind das wirklich richtig echte Juden?« Aber letztlich war das nicht zu klären und Gentests wollten nicht mal superorthodoxe Gemeindemitglieder. Es ist also zu vermuten, dass eine erkleckliche Anzahl von Mitgliedern deutscher jüdischer Gemeinden keine »Blutsjuden« sind (na ja, das ist vielleicht doch etwas überspitzt ausgedrückt, aber ich lass' es mal stehen).

Nicht mal die Hälfte der jungen männlichen Juden heiratet eine jüdische Frau. Die Kinder dieser neu gegründeten Familien gehen also den Gemeinden verloren, weil sie ja nicht halachisch jüdisch sind – son Pech aber auch! Und wer von diesen halbjüdischen Kindern will sich schon dem grässlichen Übertritt unterziehen und die anschließende Diskriminierung als Giur-Jude auf sich nehmen? Das führt zu einer bedrohlichen Schrumpfung der jüdischen Community, Ersteres zu einer Verunsicherung, ob sich das mit der Reinheit nach der Halacha so überhaupt leben lässt.

Also gibt es eine vorsichtige Annäherung an uns. Sympathisch sind wir ihnen nicht, aber was sollen sie auf Dauer machen? Als Notnägel sind wir vielleicht doch zu gebrauchen. Deshalb bieten jetzt viele Gemeinden den »erleichterten« Übertritt an, das Thema »Patrilineare« wird in jüdischen Kreisen diskutiert, einige liberale Gemeinden öffnen die Arme für uns. Aber zumindest mir gefällt mein doppelter, schwebender Zustand. Jüdisch sein – halb – ist für mich so selbstverständlich, dass ich dafür keine äußere Anerkennung brauche. Außerdem schließt der Übertritt alle diejenigen aus, die sich als säkulare Juden anerkannt wissen wollen, und nicht als religiöse. Fast alle echten Juden sind nicht gläubig – übertreibe ich hier wieder mal? –, gehören aber dazu, so sie denn wollen. So what? Ehrlich: Ich bin nicht in einer Identitätskrise bezüglich meines (Nicht-)Jüdischseins. Dafür ernte ich von nicht wenigen meiner vaterjüdischen Freunde Unglaube und manchmal auch ein bisschen Empörung. Viele von denen wollen alles oder nichts. Ich gebe ja zu: Ganz und gar fremd ist mir dieser Trotz auch nicht, ist aber doch eher ein kleines Raunen im Hinterkopf.

Kirsten erzählt

»Kristallnaach« – was für ein Wort – was für ein Lied. Obwohl in Köln geboren, war ich geprägt durch meine norddeutsche Zeit. Nun wohnte ich wieder in Nordrhein-Westfalen. Ich verstehe kaum etwas außer dem Titel, aber ich weiß, dass BAP keine rechtslastige Band ist. Eigentlich müsste alles gut sein, die Intention ist gut und alle sagen mir, dass der Text kritisch sei.

Aber: Meine Schul- und Studienfreunde, alle tanzen auf das Lied wie wild, singen, ja schreien mit lauter Stimme den Refrain »Kristallnaach« und mir läuft es jedes Mal kalt den Rücken runter. Es passiert immer dasselbe: Ich gehe von der Tanzfläche und frage mich, wie man auf dieses Lied fröhlich tanzen kann und dabei lächeln. Wie können die links eingestellten Leute, die BAP hörten, so wenig Einfühlungsvermögen haben? Bin ich zu feinfühlig, zu »kristallartig«, zu »unlocker«, wie man mir immer nachsagt?

Ungefähr drei Jahre vorher wird der Vierteiler »Holocaust« im deutschen Fernsehen ausgestrahlt und es gibt heftige Diskussionen in der Klassenstufe. Ich höre Sprüche von Gleichaltrigen, die sich selbst als links einstuften und die sagten, dass man doch mit diesen Geschichten endlich aufhören solle. Es sei doch nun schon so lange her. Eine gute Freundin ist darunter. Heute sind sie stolz darauf, dass sie damals links waren und behaupten, dass unsere Lehrer damals alles alte Nazis gewesen wären. Dabei war es mein Deutschlehrer, nicht die Geschichtslehrerin, der mir den Unterschied zwischen KZ und Vernichtungslager beibrachte und der offen darüber redete und nichts verschwieg.

Die Reaktion auf den Vierteiler zeigte den Lehrern wohl, dass hier Nachhilfe nötig war, also wurde der Dokumentarfilm »Nacht und Nebel« klassenübergreifend gezeigt. Bei den Bildern wurde gelacht … – für mich damals sehr schockierend. Heute weiß ich, dass das eine Übersprunghandlung war, denn die Gespräche danach verliefen positiv.

50 Jahre Reichspogromnacht, 6.11.1988, Hamburg: Auf einer Veranstaltung zu 50 Jahren Reichspogromnacht mit bekannten Koryphäen auf dem Podium und im Publikum und sicher 150 Zuhörern nehme ich mir ein Herz, stelle mich vors Mikrofon und frage, ob

man 50 Jahre später wirklich noch von »arischen und nichtarischen Christen« sprechen dürfe. Ohne Anführungszeichen ginge das nicht.

Antwort vom Podium: »Dann dürfe man ja auch nicht mehr vom ›Führer‹ sprechen.« Gesagt ohne Anführungszeichen. Tja …

Golfkrieg: Ich werde noch heute wütend, wenn ich daran denke, dass der Betriebsrat der Hamburger Maschinenbaufirma, bei der ich meine erste Arbeitsstelle hatte, vor dem Betriebstor Flugblätter verteilte, in dem gefordert wurde, dass Israel sich zurückhalten solle. Sie wurden als Kriegsanstifter dargestellt, die dann einen dritten Weltkrieg verursachen würden, wenn sie sich gegen irakische Bombenangriffe wehren würden. Das war die Dolchstoßlegende in die Zukunft gelegt!

Mit keinem Wort wurden die Bombenangriffe vom Irak verurteilt. Wie bitte? Was ist das für eine Verdrehung von Tatsachen. Wie konnten hier Deutsche, die im schönen warmen sicheren Deutschland saßen, verlangen, dass man die andere Wange hinhalten solle, während Bomben auf Israel fielen.

Also habe ich einen bitterbösen Brief geschrieben, auf den ich zwar keine schriftliche Antwort erhielt, aber der den Betriebsrat wohl sehr aufgewühlt hatte, so sagte mir ein Betriebsratsmitglied, das danach zumindest das Gespräch mit mir suchte. Vielleicht habe ich damit wenigstens zum Nachdenken angeregt.

Interviews mit Patrilinearen und ein paar anderen Menschen

Interviews, die Regula geführt hat

… mit ihrem Bruder und ihrer Schwester

Jonas ist 58 Jahre alt, Simone ist 55 Jahre alt. Die Interviews wurden unabhängig voneinander geführt.

R: Wie bezeichnest du dich?
J: Konfessionslos.
S: Konfessionslos.

R: Welche Rolle spielt das Judentum heute für dich?
J: Das ist die mir nächste Religion, weil wir halbwegs jüdisch aufgewachsen sind.
S: Es spielt für mich eine große Rolle. Ich fühle eine kulturelle Zugehörigkeit. Das Religiöse hingegen ist mir piepegal.

R: Wie war es in der Kindheit?
J: Es war mir nicht wichtig. Den Synagogenbesuch habe ich als lästige Pflicht empfunden.
S: (lange Pause, sie denkt nach) Ich habe mich weniger zugehörig gefühlt als heute, obwohl es doch mehr Berührungspunkte gegeben hat. Heute kann ich darüber reflektieren und meine jüdischen Wurzeln annehmen. Als Kind habe ich mich geschämt dafür. Ich habe mich immer als Außenseiterin gefühlt, sowohl bei den Juden als auch bei den anderen in der Schule. Ich konnte nicht damit umgehen, war weder Fisch noch Vogel.

R: Wie hast du den Religionsunterricht erlebt?

J: Das war eine regelrechte Qual. Bei Raw E. war es besonders schlimm. Der hat Marzipan verteilt für gute Leistungen und ich habe nie etwas davon erhalten. Das hat mich genervt. Ich kenne heute noch die gängigsten hebräischen Lettern und lesen kann ich noch ein wenig mit Punkten. Die biblischen Geschichten sind mir bekannt. Bestimmt besser als den meisten anderen Leuten.

S: Ich habe es als 8 Jahre lang währende Ausgrenzung erlebt. Zum Glück hatte ich Daniel, einen anderen Vaterjuden, wir haben uns verbündet. Wir zwei waren die Dummen und bekamen das zu spüren, auch vom Rabbiner. Das hat uns zusammengeschweißt. Die richtigen Juden bekamen mehr Beachtung, auch vermutlich, weil sie mehr wussten von zu Hause aus.

R: Wie hast du unseren Vater in seiner jüdischen Identität wahrgenommen?

J: Er war vor allem Zionist. Er hatte keine religiöse Zugehörigkeit, er wollte aber seinem Vater gerecht werden. Seine jüdische Zugehörigkeit war eindeutig. Er erinnerte sich aber nie an die jüdischen Feiertage, das musste die Mutter übernehmen. Er war auch gut verankert in der jüdischen Gemeinde. Als er älter wurde, wurde es ihm immer wichtiger. Er ging regelmäßig in die Synagoge am Freitagabend, damit es einen Minjan geben konnte.

S: Lange glaubte ich, er sei fromm. Aber er wusste wenig. Er hat sich nicht mit jüdischen Fragen befasst. Die Mutter hat das geregelt, sie wusste besser, wann die jüdischen Feiertage stattfinden. Die Jahrzeit einzuhalten und das Kaddisch zu sagen, war unserem Vater das Wichtigste. Seine jüdische Identität war eindeutig.

R: Wie war es für dich, mit ihm in die Synagoge zu gehen?

J: Eine Pflichtübung.

S: Langweilig. Ein Muss. Ich hatte aber eine Freundin dort, mit der bin ich manchmal rausgegangen. Für unsere Mutter war es wichtig, sie ist an den hohen Feiertagen immer mitgekommen. Es war ein wichtiger gesellschaftlicher Anlass für sie.

R: *Wer hat uns eine Identität gegeben? Die Mutter? Der Vater?*
J: Die Mutter war wichtiger.
S: Der Druck von der Mutter war da. Die Tiefe und Verbundenheit kamen vom Vater. Er war der Träger, nicht sie. Deshalb war er wichtiger. Und die Weil-Mischpoche hatte einen Platz in der Synagoge.

R: *Wie sollten Kinder wie wir bezeichnet werden?*
J: Konfessionslos. Wenn ich gefragt werde, gebe ich meinen jüdischen Hintergrund bekannt.
S: Konfessionslos, aber bestimmt nicht jüdisch. Die Religion hat bei uns ja immer eine große Rolle gespielt in Bezug auf diese Frage. Wir waren der Identitätsfrage ständig ausgesetzt. Als Kind habe ich immer auf drei Arten gebetet, zuerst Hebräisch, dann ein christliches Gebet und auch noch individuell. Das habe ich jeden Abend getan und gedacht, irgendeines wird dann schon gehört, so bin ich auf der sicheren Seite. (Später dachte ich, dass ER doch nichts gehört hat …)

R: *Hast du unter der unklaren Identität gelitten?*
J: Nein. Das hat in meinem Leben nie eine Rolle gespielt.
S: Ja, sehr. Ich hatte einmal ein Aha-Erlebnis in der Schule, etwa als 8-Jährige. Da fragte die Lehrerin, wer ist deine Gotte (Patin)? Und ich sagte, dass ich keine hätte. Die Lehrerin hat mir nicht geglaubt und mich deswegen verspottet. Da wurde mir klar, dass ich mein Jüdischsein verstecken musste. Erst als Erwachsene konnte ich dazu stehen und habe es in mein Leben integriert.

R: *Wie hast du unsere Mutter erlebt in Bezug auf das Judentum und Israel?*
J: Sie wusste, wann die jüdischen Feiertage sind, und hat alles organisiert. Ihre erste Israelreise war für sie das entscheidende Erlebnis.
S: Sie wollte immer dazugehören. Eine allfällige Konversion war ständig das Thema. Als sie im Alter dann endlich konvertieren wollte, hat es mich wütend gemacht und das habe ich ihr auch gesagt. Das sei nun viel zu spät, das hätte sie für uns Kinder

viel früher tun sollen. Die vielen Israelreisen mit den vielen Freunden dort waren wertvoll. Das hat eigentlich ihre Identität ausgemacht. Das wurde uns auch eingepflanzt. Israel ist unser Zufluchtsort, eigentlich ist es bis heute mein Sehnsuchtsort geblieben. Falls es für uns auf der Welt jemals wieder schlimm werden sollte, können wir uns dorthin flüchten. Dort ist ein guter Ort für uns. Ich hatte von Kind auf einen guten Bezug zu Israel. Schwieriger war das Thema »Shoa«. Das hat mich belastet und mir Angst gemacht. Ich empfand es bedrückend, dass wir uns ständig damit auseinandersetzen sollten. Das hat mich auch geprägt und ich habe mich dadurch bedroht gefühlt. Erst spät im Leben habe ich gemerkt, dass es im Judentum auch positive Seiten gibt. Aber auch all unsere Feste mit einem religiösen Kontext habe ich nicht positiv erlebt. Es war irgendwie unecht. Ich hatte sowohl bei Weihnachten als auch bei Chanukka und Pessach ein Missbehagen. Dieser Weihnachtsbaum war falsch. Das ist eine Tragödie. Ich habe mich in einem Chaos gewähnt, nichts hat gepasst. Außer vielleicht Ostern mit dem versteckten Osternest oder der Samichlaus-Stiefel. Ich habe alles immer hinterfragt. Dabei galt ich für meine Mutter als oberflächlich. Sie hat gar nicht gemerkt, wie sehr mich diese Fragen beschäftigten. Ich war dauernd in einem Kampf mit all dem. Erst als Erwachsene konnte ich mich davon befreien, sozusagen mit einem Befreiungsschlag. Zuvor musste ich meine Herkunft immer verleugnen.

R: Weshalb denkst du, hat sich unsere Mutter so stark für Israel und in der Gemeinde mit der WIZO engagiert?

J: Ihre erste Reise nach Israel war der Grund. Von da an hat sie sich engagiert. Dem Vater war es weniger wichtig.

S: Der gesellschaftliche Aspekt war ihr wichtig, auch die Frauengruppe bei der WIZO. Sie wollte dort eine Rolle spielen.

R: Wie hast du die Familie väterlicherseits erlebt? Waren sie jüdisch?

J: Im Leben des Vaters hat die Religion keinen wichtigen Platz gehabt. Er wollte vor allem seinem früh verstorbenen Vater gedenken.

S: Sie kamen ja immer zu uns zum »Anbeißen«, nach Jom Kippur. Das war eine Tradition. Aber außer dem gemieteten Synagogenplatz, den die Großmutter und die Tante hatten, haben sie kein jüdisches Leben geführt.

R: Sagst du, dass du einen jüdischen Hintergrund hast?

J: Ja, das sage ich. Ich erwähne aber immer, dass ich konfessionslos bin.

S: Das kommt auf mein Gegenüber an. Bei näheren Beziehungen sage ich es, sonst eher nicht., das ist mir lästig.

R: Was tust du, wenn du mit Antisemitismus konfrontiert wirst?

J: Wenn die Leute so unbewusst sind und z.B. Witze machen, schreite ich nicht ein. Ich bewege mich nicht unter Rassisten. Im Fußball gibt es jedoch manchmal bedenkliche Äußerungen. Ich selbst war dem aber noch nie ausgesetzt.

S: Dazu kann ich eine Geschichte erzählen. Ich war einmal unterwegs mit meinem Hund. Da begegnete ich einem anderen Hundehalter, der seinen Hund »Saujude« nannte. Ich habe sofort interveniert und bin sehr emotional geworden. Obschon ich diesen Mann ja gar nicht kannte, habe ich von ihm verlangt, dass er sich bei mir auf der Stelle entschuldigt, denn ich hätte ja einen jüdischen Vater. Als er dies nicht tun wollte, bin ich auf ihn losgegangen, wurde handgreiflich. In diesem Moment hatte ich das Gefühl, dass ich ungeahnte Kräfte entwickeln kann. Mein Freund, der dabei war, musste mich zurückhalten.

R: Was tust du, wenn du mit Israelfeindlichkeit konfrontiert wirst?

J: Ja, da greife ich ein, aber nicht allzu vehement. Da frage ich beispielsweise: Welche Welt ist euch näher? Ich verteidige dann die israelische Demokratie. Ich möchte dann jeweils die Landkarte zeigen und klar machen, wie klein das Land ist, umzingelt von feindlich gesinnten Staaten. Ich würde aber nicht jede Kritik an Israel a priori als antisemitisch bezeichnen. Ich finde, da muss gut unterschieden werden. Der Antisemitismus im Osten ist eine viel größere Bedrohung.

R: *Was bedeutet Israel heute für dich?*

J: Ich war schon lange nicht mehr dort, möchte aber nächstens einmal wieder mit meiner Familie hinreisen. Israel ist ein Land, das weiter bestehen muss. In arabische Länder würde ich nicht reisen wollen. Ich habe aber keinen persönlichen Bezug zu Israel, außer dass unsere Familie einen hat. Ich persönlich fühle das nicht. Dort bin ich nicht zu Hause.

S: Israel ist ein Land, in dem ich mich wohlfühle. In arabischen Staaten sind wir unerwünscht. Israel ist schön und gut, wie gesagt, mein Sehnsuchtsort.

R: *Was möchtest du deinen Kindern weitergeben?*

J: Meine Kinder sind ebenfalls konfessionslos. Sie müssen aber wissen, was das Judentum ist. Ich ließ sie selbst entscheiden, ob sie am kirchlichen Unterricht teilnehmen wollen. Sie haben sich dagegen entschieden, aber vielleicht bereut es meine Tochter jetzt, da all ihre Kameradinnen nun konfirmiert werden und ein Fest bekommen. Für meinen Sohn ist es aktuell spannend, da das Judentum in der Schule gerade behandelt wird und er darüber viel weiß. Er interessiert sich sehr dafür und ich glaube, er fühlt sich zugehörig. Mein Sohn trägt einen israelisch-jüdischen Vornamen, das ist aber eher ein Zufall.

S: Meine Reise mit meinen erwachsenen Kindern nach Israel war sehr wichtig. Sie sollen wissen, wo ich herkomme. Ich habe meinen Kindern das Bewusstsein weitergegeben, was es heißt, einer Minderheit anzugehören. Dadurch haben sie einen weiten Horizont bekommen. Dies nehmen meine Kinder als wertvoll wahr. Die Religion hat keine Rolle gespielt. Ich habe sie in die kirchliche Unterweisung geschickt, aber sie durften selbst entscheiden, ob sie konfirmiert werden wollen. Beide haben das abgelehnt. Sie sind wie ich, konfessionslos. Ich denke jedoch, dass sie sich viel tiefer und bewusster mit dem Thema auseinandergesetzt haben als manch andere.

R: *Wie hast du deine jüdischen Freunde als Kind erlebt, im Umgang mit dir?*

J: Ich war in der jüdischen Jugendgruppe und später im jüdischen Sportverein. Ich habe mich jederzeit voll aufgenommen gefühlt und nie ausgrenzendes Verhalten erlebt. Ich pflege zwar heute keinen Kontakt mehr zu meinen ehemaligen Freunden, aber damals waren es wertvolle Freundschaften. Ausgrenzende Verhaltensweisen haben mich bewogen zu sagen: »Religion ist doof. Da will ich nicht dazu gehören.« Als ich kürzlich wieder einmal auf einem WIZO-Basar gewesen bin, wurde ich von alten jüdischen Bekannten sehr freundlich begrüßt und aufgenommen. Es kommt eben auf die einzelnen Menschen an, nicht auf eine Religionszugehörigkeit.

S: Ich hatte einige sehr gute Freundinnen und Freunde.

R: *Interessiert dich das Thema überhaupt? Findest du es wichtig, dass ich es bearbeite?*

J: Dass du es bearbeitest, finde ich weniger wichtig. Aber das allgemeine Thema der Diskriminierung muss bearbeitet werden, heute mehr denn je.

S: Das ist ein sehr interessantes Thema. Ich würde jedes Buch darüber sofort verschlingen. Ich kenne gar niemanden mit einer ähnlichen Geschichte, meine eigene Geschichte hat mich immer voll in Anspruch genommen. Ich kann diesem Thema gegenüber nicht gelassen bleiben. Unser Status sollte geklärt werden. Das ist auch eine Aufgabe der religiösen Juden. Aber mein Vater pflegte zu sagen: »Wenn es keine Juden mehr gibt, ist es auch nicht schade.« Dieser Meinung kann ich mich anschließen.

R: *Was möchtest du mir noch sagen?*

J: Ich wünsche dir viel Erfolg mit deinem Buch.

R: *Wie definierst du die Zugehörigkeit zum Judentum?*
A: Ein Jude ist ein Mensch, der eine jüdische Mutter hat oder zum Judentum konvertiert ist.

R: *Wie bezeichnest du Kinder aus Mischehen?*
A: Nochmals, Kinder einer jüdischen Mutter sind jüdisch.

R: *Sollten Kinder aus Mischehen überhaupt zugelassen werden zum jüdischen Religionsunterricht?*
A: Jedes Kind sollte zum jüdischen Unterricht zugelassen werden. Das Problem ist die spätere Konfrontation, wie du sie erlebt hast mit einer nichtjüdischen Mutter. Ich finde dies sehr dramatisch für ein Kind. Die Frage ist, welche Richtung das Kind später wählt?!

R: *Eine persönliche Frage. Hast du mich damals als Nichtjüdin als zugehörig wahrgenommen? War es dir überhaupt bewusst, dass ich nicht jüdisch war?*
A: Ich habe dich als jüdisch wahrgenommen. Habe aber sehr stark in Erinnerung, als du Bat Mitzwa feiern wolltest und damals das Problem aufkam. Es war für mich ein Schock. Ich konnte dir sehr stark mitfühlen.

R: *Werden Konvertiten als vollwertige Mitglieder innerhalb einer Gemeinde akzeptiert?*
A: Ich hoffe, ja.

R: *Gibt es ausgrenzende Verhaltensweisen innerhalb des Judentums? Wenn ja, weshalb?*
A: Was meinst Du mit dieser Frage??

R: *Welches sind die markantesten Unterschiede zwischen einem Juden, der in Israel lebt, und jemandem, der in der Diaspora lebt?*
A: In Israel lebe ich als Jüdin unter Juden, in der Diaspora bin ich die Minderheit und muss für mein Judentum »kämpfen«. Israel ist der einzige Ort, wo Juden die Souveränität haben, und somit

brauchen sie nicht für ihre Identität zu kämpfen. Um in der Diaspora jüdisch zu bleiben, muss ich aktiv sein.

R: *Wenn du dich im Ausland aufhältst, sagst du, dass du Jüdin bist?*
A: Früher sehr, heute erkläre ich, dass ich aus Israel bin. Das ist meistens für Ausländer das Gleiche.

R: *Hast du schon antisemitische Reaktionen erlebt? Welche?*
A: Ich hatte viele antisemitische Konfrontationen: »Du hast Jesus ermordet, ihr Juden tötet die Araber, ihr Juden seid alle reich, ihr Juden mit eurem Freitagabend/Schabbat« usw.

R: *Ist es Pflicht eines Juden in der Diaspora, sich für Israel einzusetzen?*
A: Jeder nach seinem Empfinden. Die politische Situation ist sehr problematisch. Meiner Ansicht nach, muss man in Israel den Staat von der Religion trennen.

R: *Ist es deiner Meinung nach richtig, dass Nachkommen jüdischer Väter die israelische Staatsbürgerschaft erhalten, obwohl sie nach jüdischem Gesetz keine Juden sind?*
A: Ist falsch. In Israel bekommen Kinder von israelischen Müttern die Staatsbürgerschaft automatisch.

R: *Sollte in Israel die zivilrechtliche Trauung eingeführt werden?*
A: Ja, M und ich haben zivil im Ausland geheiratet und in Israel mit einem konservativen Rabbiner.

R: *Möchtest du etwas anfügen?*
A: Für mich ist das israelische Rabbinat ein Grauen, es wird von chauvinistischen, charedischen Rabbinern geleitet. Ich hatte schreckliche Momente in dieser Institution.

R: *Wer ist jüdisch?*

T: Das Gesetz gibt eine klare Antwort: Kinder einer jüdischen Mutter oder wer einen Übertritt gemacht hat. Hier fangen die Schwierigkeiten jedoch bereits an. Ein Übertritt in einer liberalen Gemeinde wird nicht anerkannt von traditionellen oder gar orthodoxen Gemeinden. Ich weiß von einem Fall einer Frau, die trotz jüdischer Mutter und jüdischer Lebensführung den Übertritt nochmals machen musste. Dies, weil ihre Mutter ihren Übertritt damals eben in einer liberalen Reformgemeinde gemacht hatte. Unsere traditionelle Gemeinde hat diesen Übertritt nicht anerkannt. Es ist absurd. Gesetze werden von Menschen gemacht, nicht vom lieben Gott. Je nach Rabbiner und je nach politischer Ausrichtung oder aktueller Tendenz im Judentum, werden die Gesetze strenger oder weniger streng gehandhabt. Für mich persönlich ist das Bekenntnis zum Judentum wichtig. In schwierigen Zeiten wird nicht gefragt, wie jüdisch jemand ist. Die Nazis haben nicht gefragt, ob ein jüdischer Vater oder eine jüdische Mutter maßgebend ist. Sie haben alle verfolgt. Mich hat sehr beeindruckt, dass an einem internationalen jüdischen Seminar, an dem ich vor einigen Jahren teilgenommen habe, so begrüßt wurde: »Wie immer ihr auch jüdisch seid, ihr seid hier zugehörig.«

R: *Sollten Kinder eines jüdischen Vaters und einer Nicht-jüdischen Mutter zum Religionsunterricht zugelassen werden?*

T: Dies wird immer wieder neu diskutiert. Dies ist ein brennendes Thema. Als ich vor ca. 10 Jahren im Vorstand der Gemeinde war, haben wir eine gute Regelung gefunden. Wir haben mit beiden Eltern ein Gespräch geführt, egal ob der Vater oder die Mutter jüdisch war. Wir wollten herausfinden, wie wichtig den Eltern die jüdische Erziehung ist. Wenn ein Elternpaar sagte, sie möchten ihren Kindern beide Religionen zur Auswahl stellen und beispielsweise Chanukka und Weihnachten feiern, haben wir abgelehnt. Das geht nicht. Man kann nicht »ein bisschen jüdisch« sein, genauso wenig wie man »ein bisschen schwanger«

sein kann. Es kann jedoch sein, dass sich dies heute verändert hat und Kinder jüdischer Väter wieder aufgenommen werden. Alles hängt wie gesagt immer von der jeweiligen Strömung und vom jeweiligen Rabbiner ab.

R: *War mein Fall außergewöhnlich? Dass ich als Tochter einer nichtjüdischen Mutter aufgenommen wurde?*

T: Nein, zur damaligen Zeit mit diesem offenen Rabbiner nicht. Später hat es sich geändert und es wurden keine solchen Kinder mehr aufgenommen. Man stellte sich auf den Standpunkt, dass man diese Kinder nicht in ein Dilemma stürzen wolle. Es hatte auch einen Suizid gegeben deswegen und dies wurde oft als Präzedenzfall genannt. Eigentlich haben die Eltern den Entscheid, den sie selbst nicht fällen konnten auf die Kinder übertragen. Dies ist nicht richtig. Wenn du jüdisch wärst, wärst du frei und müsstest nicht nach deiner Zugehörigkeit fragen. Deine Eltern haben es verpasst, dir das abzunehmen.

R: *Wie sollen Kinder aus Mischehen mit einer jüdischen Erziehung bezeichnet werden?*

T: Das kann ich nicht beantworten. Wichtig ist das Commitment, das Engagement. Ich würde dich fragen: »Wie fühlst du dich?« Das ist wichtig. Wenn du dich jüdisch fühlst, zählt dies. Egal ob du es bist oder nicht. Für dich persönlich zählt nur das. Der Hintergrund ist wichtig und die Auseinandersetzung. Das Gesetz ist etwas anderes. Für mich bist du eine jüdische Freundin.

R: *Werden Konvertiten als zugehörig empfunden?*

T: Wann und wie der Übertritt gemacht wurde, ist entscheidend. Ich glaube an Wandel im Leben. Wenn sich jemand ernsthaft auseinandergesetzt hat mit dem Judentum, ist das höchst bewundernswert. Ja, Konvertiten sind voll zugehörig.

R: *Ist das Einhalten der Gesetze wichtig? (Kaschrut, Schomer Schabbat, Feiertage etc.)*

T: JEIN. Ich vergleiche das mit einem Körpertraining. Die Gesetze sind dazu da, etwas zu trainieren, sonst bleibt das Zugehörigkeitsgefühl im Emotionalen stecken. Dies ist unbefriedigend. Dies gilt auch für mich, die ich doch jüdisch geboren bin. Aber ich gebe zu, es gibt für mich selbst hier auch Fragen.

R: *Gibt es innerhalb der jüdischen Gemeinschaft ausgrenzende Verhaltensweisen?*

T: Auf jeden Fall! Ich erzähle dir dazu ein Beispiel: Im Flugzeug von Israel zurück in die Schweiz saß ich neben einem jungen religiösen Mann. Er war auf der Suche nach einer Ehefrau. Halb im Scherz sagte ich, ich hätte drei Töchter im heiratsfähigen Alter. Dies käme für ihn überhaupt nicht infrage, viel zu wenig religiöser Hintergrund. In erster Linie zähle für ihn, dass die Frau bereit wäre, nach der Hochzeit ein Kopftuch zu tragen und alle anderen Gesetze einzuhalten. Der Mensch sei zweitrangig. Ebenso käme eine Konvertitin für ihn niemals als Ehefrau infrage, er sei ein Cohen. Ich muss aber ebenfalls sagen, dass ich schockiert wäre, wenn eine meiner Töchter mit einem Frommen daherkäme. Das wäre etwa das Gleiche, wie wenn sie mit einem frommen Christen käme, das wäre für mich kein Unterschied. In Mea Shearim habe ich immer ein beklemmendes Gefühl. Mit denen habe ich nichts gemein. Da bist du mir tausendmal näher. Jüdisch sein ist relativ, jüdisch sein hat so viele Facetten.

R: *Hast du schon antisemitische Reaktionen erlebt? Wie fühlst du dich angesichts des wachsenden Antisemitismus in Europa?*

T: Gerade letzthin habe ich im Supermarkt etwas erlebt. Ich wollte Frühkartoffeln kaufen und fragte laut: »Sind die wohl aus Israel?« Die mir unbekannte Frau neben mir reagierte: »Sie wollen doch wohl nicht ein Produkt aus Israel kaufen?!« Ich: »Doch genau auch deswegen kaufe ich es und weil diese Kartoffeln auch die besten sind.« Aber trotz meiner Antwort fühlte ich mich verletzt. Ich hätte weinen mögen, so hat mich dies getroffen. Und oft erlebe ich, dass das Thema gewechselt wird, wenn meine Herkunft irgendwie zur Sprache kommt. Dies erlebe ich auch als verletzend. Das beleidigt mich. Ich erinnere mich gerne zurück an die 60er-Jahre, wo Israel und wir Schweizer Juden eine große Solidarität gespürt haben. Wir haben auf öffentlichen Plätzen

Hora getanzt und es wurde geklatscht. Daran erinnere ich mich mit Wehmut. Das war eine schöne Zeit! Zuletzt habe ich dieses Gefühl diesen Sommer in Zürich erlebt, als die große Kundgebung für Israel stattgefunden hat. Einmal wieder diese Solidarität mit vielen Menschen zusammen zu spüren, hat mir sehr gut getan. Oft fühle ich mich allein und bin auch misstrauisch. Aber manchmal fühle ich mich auch unter jüdischen Menschen, z. B. in der Synagoge fremd. Dies ist fast noch schlimmer.

… mit M, einer jungen Vaterjüdin

R: *Als was bezeichnest du dich?*
M: Ich bin nichts. Ich bin aber jüdisch aufgewachsen, jedoch mehr kulturell als religiös.

R: *Was bedeutet kulturell jüdisch für dich?*
M: Wahrscheinlich ist es doch die Religion. Wir haben in der Familie Pessach gefeiert und manchmal auch Schabbat. Das kam auf die religiösen Phasen meines Vaters an. Wenn er gerade eine hatte, haben wir mehr praktiziert. Dann haben wir an Schabbat die Kerzen angezündet und gesungen und Gebete gesprochen.

R: *Konntest du das?*
M: Ja, ich habe immer das Gebet zum Kerzenanzünden gesprochen. Das hat mich mein Vater gelehrt. Mir ist Israel wichtig. Ich möchte dort für längere Zeit hingehen und auch die Sprache lernen. Gut, dass ich gelernt habe, die Schrift zu lesen.

R: *Nennst du dich konfessionslos?*
M: Ja.

R: *Was hast du im Religionsunterricht genau gelernt?*
M: Die biblischen Geschichten und das Alphabet. Aber vorlesen wurde zunächst nicht geübt und als wieder ein Rabbiner alter Schule unterrichtet hat, hätte ich vorlesen sollen und da ist es mir verleidet. Ich bin im 8. Schuljahr ausgetreten. Mich interessiert das Judentum aktuell aber wieder vermehrt. Auch Israel.

R: *Ist deine uneindeutige Identität für dich ein Problem?*
M: Ja, schon. Ich bin allgemein eher ein Mensch, der sich nicht gut entscheiden kann.

R: *Wäre es für dich besser gewesen, wenn dir deine Eltern bzw. deine Mutter mit einem Übertritt diese Entscheidung abgenommen hätten?*
M: Nein, ich finde es gut, wie sie es gemacht haben. Als ich etwa 11 Jahre alt war und die Frage der Bat Mizwa aufkam, wurde die Frage eines Übertritts in unserer Familie erneut diskutiert. Es war mir jedoch immer klar, dass ich das nicht wollte. Ich weiß nicht genau weshalb, vielleicht hat mir der Übertritt Angst gemacht.

R: *War dies im Religionsunterricht ein Thema?*
M: Nein, gar nicht. Die anderen Mädchen in der Klasse bekamen zur Vorbereitung ihrer Bat Mizwa Einzelunterricht und ich war froh, dass ich da nicht auch noch hingehen musste. Aber meine Eltern haben für uns (meinen Bruder und mich) anlässlich unserer Bat Mizwa (bzw. Bar Mizwa) ein großes Familienfest gemacht.

R: *Wussten die Familienangehörigen, dass es sich um deine Bat Mizwa handelte? Hat dein Vater eine Rede gehalten?*
M: Daran kann ich mich nicht erinnern. Ich könnte mir aber vorstellen, dass dies sowieso klar war, auch in der Familie meiner Mutter.

R: *Hast du Ausgrenzung erlebt innerhalb der jüdischen Gemeinde?*
M: Nein. Nur einmal wurde es mir bewusst gemacht, als jemand mich darauf angesprochen hat. Und einmal hat meine Mutter geweint, weil sie nicht in die Synagoge durfte, daran erinnere ich mich. Da war ich aber noch ein kleines Kind. Meine Mutter hat später gesagt, dass wir den Übertritt zusammen machen sollen. Das kommt für mich momentan nicht infrage. Vielleicht später.

R: *Ist dir dein Jüdischsein wichtig?*
M: Mit dem Tod des Großvaters ist es wieder wichtiger geworden. Dort hatten wir als Kinder immer auch die jüdischen Feste gefeiert.

Chanukka, Pessach. Es gab immer wieder Phasen, wo es wichtiger war und dann auch wieder nicht. Mit 16 Jahren war ich zum ersten Mal mit meinen Eltern in Israel. Danach wurden die Fragen wieder dringender. Für meinen Vater war diese Reise wie ein Neuanfang, bei mir wurde das kulturelle Interesse geweckt, nicht das religiöse. In Jerusalem, bei der Klagemauer habe ich zum Beispiel gar nichts gefühlt. Ich möchte aber in Israel einen Ulpan machen.

R: *Gehst du in die Synagoge?*

M: Nein, ich finde die Trennung von Frauen und Männern unmöglich. Ich habe auch keine Ahnung von den Ritualen dort. Ich würde allenfalls meinen Vater einmal dorthin begleiten. Ich bin nicht gläubig, das bedeutet mir nichts. Ich bin aber keine Atheistin. Ich fühle mich auch in Kirchen nicht wohl. Aber in einer Synagoge habe ich trotzdem ein anderes Gefühl. Dort ist es mir vertrauter.

R: *Wie ist es für dich, dass du diese Beziehung zum Judentum hast?*

M: In erster Linie bedeutet es für mich Verbundenheit mit meinem Vater. Ich fühle mich aber nicht gern als etwas »Spezielles«. Das »tachles« (Anm.: das jüdische Wochenmagazin) kann ich nicht lesen. Ich kann mich auch nicht mit irgendeiner Opferrolle identifizieren.

R: *Wie reagierst du auf Antisemitismus?*

M: Das mag ich nicht. Da fühle ich mich rasch angegriffen. Aber nur weil meine Großeltern verfolgt wurden als deutsche Juden, heißt das nicht, dass ich mich jetzt anders fühlen muss als andere. In meiner Maturaarbeit beschäftige ich mich mit der Biografie meiner jüdischen Großmutter. Ich will jedoch gar nicht mit dem Holocaust in Verbindung gebracht werden (hier reagiert sie sehr emotional).

R: *Inwiefern unterscheiden sich deine Mutter und dein Vater in diesen Fragen voneinander?*

M: Da gibt es keine Konflikte, obwohl die Themen, die sie beschäftigen, unterschiedlich sind.

R: *Interessieren sich deine Freunde für deinen jüdischen Hintergrund?*
M: Ja, zum Teil schon. Ich bin auch stolz auf mein jüdisches Wissen, den meisten ist das aber egal. Ich habe aber eine Freundin, die sich sehr dafür interessiert.

R: *Würdest du eigene Kinder jüdisch erziehen?*
M: Dafür habe ich zu wenig Wissen. Ich würde meine Kinder zu meinem Vater schicken, damit er ihnen das vermittelt. Es könnte aber auch verloren gehen.

R: *Wie reagierst du auf Kritik an Israel?*
M: Das stört mich nicht. Die Kritik muss aber fundiert sein, sonst sollte jemand lieber schweigen. Ich assoziiere damit aber keinen Antisemitismus. Als ich etwa 13 Jahre alt war, kam ich mit einem Arafat-Schal nach Hause, das war damals Mode. Mein Vater wollte das nicht und hat mir ein schlechtes Gewissen gemacht. Ich habe den Schal dann wieder verschenkt.

R: *Wie fühlst du dich heute in Bezug auf unser Thema?*
M: So, wie es ist, ist es gut. Phasenweise bin ich näher dran oder weiter weg. Es ist immer ambivalent.

R: *Kommt für dich ein Übertritt jemals infrage?*
M: Ich hätte einen erleichterten Übertritt machen können, wollte das aber nicht. Ich habe keine Legitimation dazu, nur weil ich teilweise jüdisch aufgewachsen bin. Das reicht nicht. Ich bin lieber nichts und fühle mich ab und zu jüdisch als umgekehrt. Für mich ist nur das Gefühl entscheidend.

R: *Möchtest du noch etwas sagen?*
M: Ich würde es begrüßen, wenn sich die jüdische Gemeinde mehr öffnen würde, auch Vaterjuden gegenüber.

... mit Marianne, meiner Cousine, die eine jüdische Mutter hat und somit eigentlich eine »richtige« Jüdin ist (schriftlich spontan, wie gesprochen)

R: *Wie bezeichnest du dich, wenn du nach deiner Religion gefragt wirst?*

M: Hm, schwierig! Kommt drauf an, von wem ich gefragt werde. In der Steuererklärung »reformiert«, weil ich denke, dass die Kirche noch eine gewisse soziale Funktion hat, der ich mich nicht noch finanziell entziehen will, wenn ich sonst schon nichts dazu beitrage. Wenn es effektiv um den Glauben geht, dann: »gar keine« oder »voll säkularisiert«, manchmal sag ich auch bei Gesprächen über die Herkunft »Möchtegern-Katholikin«, durchaus ironisch gebrochen, aber schon mit etwas echtem Neid auf Freunde und Freundinnen mit katholischem Hintergrund. Als auf komplizierte Weise Religionslose neige ich wohl dazu, das Katholische etwas zu idealisieren mit seinen vergemeinschaftenden, etwas lebensfroheren Tendenzen als im Protestantismus.

R: *Hat das Judentum eine spezielle Bedeutung für dich?*

M: Durchaus, ja. Wenn du fragst, wie genau, ist es schwer zu sagen, es ist einfach im Hintergrund immer präsent, nicht zuletzt in Bezug auf eine Sensibilität bezüglich Antisemitismus. Also gewissermaßen mit negativen Vorzeichen.

R: *Was hat dir deine jüdische Mutter als Kind gesagt, wo du zugehörig bist?*

M: Was sie genau gesagt hat, weiß ich nicht mehr, jedenfalls nicht als Kind. Aber es war mir immer klar, dass es bei mir komplizierter ist als bei den meisten andern, sie hat mir auf jeden Fall gesagt, dass ich eigentlich jüdisch wäre, weil es im Judentum nach der Mutter geht, sie aber auch nicht gläubig sei. Also immer alles um viele Ecken. Ich erinnere mich aber, dass ich meine Eltern in der Pubertät gefragt habe, wieso sie mich eigentlich getauft hätten, dann argumentierten sie so ungefähr, es sei doch besser so zu sein wie die Mehrheit, dann gäbe es keine Probleme, würden wir in Israel leben, hätten sie mich jüdisch erzogen. Das habe ich damals als rebellische Pubertierende als Opportunismus empfunden und ihnen auch vorgeworfen. Im Nachhinein bringe ich hier mehr Verständnis auf, weil ja mein Vater genau so wenig religiös war wie meine Mutter, aber irgendwie auch nicht gleich voll auf Atheist machen wollte; lustigerweise hat er, der Protestant, sich immer über die Kirchenglocken genervt, der Mutter hingegen haben sie gefallen. Irgendwie analog zu ihrem Vater, der, wie sie mir oft erzählt hat, als Jude am meisten am Weihnachtsbaum gehangen habe in ihrer Kindheit. Interessant scheint mir, was sich hier reproduziert, obwohl man es zu vermeiden sucht. Als Rechtfertigung, mich getauft zu haben, sagte meine Mutter mir, für sie sei es eine Belastung gewesen, ohne eindeutige Religionszugehörigkeit aufzuwachsen, daher hätten mein Vater und sie so entschieden. Aber so etwas lässt sich natürlich nicht einfach beschließen, Kinder bekommen atmosphärisch ja alles mit.

R: *Wusstest du, dass du nach der Halacha Jüdin bist?*
M: Ja genau, hat sie mir gesagt. Doch sie hat immer auch recht Freude gehabt an kniffligen Fragen und Widersprüchen, mir etwa auch gesagt, dass ihre Mutter, obwohl zum Judentum konvertiert (vor allem der Schwiegermutter zuliebe), sie dann halt doch nicht so richtig jüdisch habe erziehen können. Irgendwie hat sie ihr dieses »weder Fisch noch Vogel« vorgeworfen und wollte das dann bei mir nicht wiederholen. Interessanterweise ist dann bei ihr als Jugendliche, wohl nicht ganz ohne Zutun der Mutter, eine Neigung zum Christentum erwacht, sie war offenbar kurz davor, zu konvertieren. Aber dann, und das hat sie oft betont, war für sie angesichts der Situation in Deutschland – 1938 war sie 16 – vollkommen klar, dass sie nicht Opportunistin sein wollte und so ist sie gewissermaßen aus einem Anti-Antisemitismus heraus jüdisch geblieben, war zwar nie in der Gemeinde, hat aber bei Volkszählungen und sonstigen amtlichen Dokumenten immer »jüdisch« angegeben.

R: *Ist dieser Umstand für dich heute von Bedeutung?*
M: Der Umstand isoliert nicht, aber als Teil des Ganzen durchaus.

R: *Was hast du als Kind vom Judentum mitbekommen?*

M: Als Kind direkt vom Judentum kann ich mich nicht erinnern, aber vage an den Sechstagekrieg, da war ich vier, oder an nachfolgende Konflikte in und um Israel bzw. Palästina, das hat bei meiner Mutter Ängste ausgelöst, das hat sich auf diffuse Weise auch auf mich übertragen. In Worte kann ich es schwer fassen, kann es vielleicht beschreiben als eine auch in der weiteren Familie vorherrschende, ambivalente Stimmung zwischen Stolz wegen der militärischen Überlegenheit und der Angst, vom Feind umzingelt zu sein. Mit der weiteren Familie meine ich unsere gemeinsame Tante Ruth und Großmutter Martha, da habe ich irgendwie das Bild vor meinem inneren Auge in ihrer Wohnung, dass da überall Moshe Dayan präsent war, genauer kann ich es nicht sagen. (An dieses große Moshe-Dayan-Porträt als Fotografie erinnere ich mich gut! Anm. von Regula) Vielleicht doch noch etwas zum Judentum selbst: Als ich schon etwas älter war, so ab zwölf vielleicht, hab' ich ein paar Mal mit meiner Mutter das Fasten an Jom Kippur mitgemacht, dabei habe ich auch gemerkt, dass das für meine Mutter wichtig war, vor allem auch in Erinnerung an ihren Vater. Als Erfahrung einer vagen Verbundenheit mit ihrer Familie und auch als Erfahrung, wie sehr Menschen davon abhängig sind, zu essen und zu trinken, hat es mich beeindruckt.

R: *Wie hast du deine Mutter erlebt in Bezug auf die Religionszugehörigkeit?*

M: Neben dem, was ich schon gesagt habe: Sie war sehr an Fragen rund um Religion interessiert, mit einer Tendenz zum generell Antireligiösen oder Agnostischen, aber spezifisch Anti-Antisemitischen. Sie hat also geredet über – jegliche – Religion eher auf der Metaebene: Wofür ist sie vielleicht doch gut, was schadet sie, wo ist sie schuld an Konflikten, wirkt sie rückschrittlich, verblendet die Menschen usw. usf. Diese aufklärerische Haltung halt.

R: *War die Weil-Familie jüdisch?*

M: Ja, das war sie, als irgendwie ganz selbstverständlich und beiläufig habe ich das erlebt, als ich ein Kind war. Später, da war ich schon einigermaßen erwachsen, kann ich mich an einen Streit erinnern mit ihrem Bruder, also deinem Vater, über die Frage, ob es denn schlimm wäre, wenn es dereinst keine Juden mehr geben würde. Für sie: Warum nicht? Für ihn: Geht gar nicht. Da zeigt sich die ganze Dramatik, die als Folge von Shoa und Antisemitismus das Reden und Denken über Religion beherrscht und irgendwie auch verzerrt. Wenn ein Katholik sagt, das ganze Theater mit Papst, Hostien, Weihrauch und Missbrauch von Ministranten braucht es nun wirklich nicht mehr auf der Welt: kein Problem. Aber »kein Judentum« kann man natürlich so nicht sagen, das war ihr schon bewusst, aber sie hat trotzdem darauf beharrt, dass man eine solche Position im Prinzip auch haben kann, ohne auch nur das Geringste mit Antisemitismus am Hut zu haben.

R: *Hat die Weil-Familie in irgendeiner Form jüdische Traditionen gelebt?*

M: Erinnern kann ich mich früh an ein Purimfest, wo ihr und auch die Coucousins (Rosenfelds) dabei waren, ohne aber die Bedeutung zu kennen, auch an einen Sederabend bei euch zu Hause, den ich eher beiläufig mitbekommen habe. Bei euch und bei der Großmutter gab es aber richtige Mazzen, am Stück, bei uns nur Mazzenmehl, mit dem meine Mutter die Mazzenchnöpfli zubereitet hat. Da war mir irgendwie klar: Die Mazzen selbst sind echt religiös, das Mehl nur noch ein bisschen, gewissermaßen abgeleitet.

R: *Erinnerst du dich an jüdische Feste in der Familie?*

M: Das hab' ich schon oben beantwortet, mehr fällt mir nicht ein.

R: *Hast du unter deiner nicht geklärten Identität gelitten oder war für dich immer alles klar?*

M: Schwer zu sagen. Ich kann nichts anfangen mit einem Identitätsbegriff, der sich an einer Vorstellung von Eindeutigkeit orientiert, die einfach so da ist. Ich würde es so sagen: Ich habe wohl im Laufe meines Aufwachsens eine Identität entwickelt, die das Ergebnis unterschiedlicher, teils in sich widersprüchlicher, paradoxer Einflüsse ist, bewusst und unbewusst ausgeübt. Das ist aber auch so in Familien, bei denen vordergründig alles eindeutig ist. Mit Leiden ist natürlich jedes Erwachsenwerden verbunden, würde ich jetzt mal etwas vereinfacht sagen. Wenn ich etwa katholischen Bekannten vorschwärme, wie schön sie es doch hätten mit ihrem Hintergrund, dann sehen sie es auch nicht ganz so rosig, da muss ich auch eingestehen, wie naiv meine Vorstellung vielleicht ist. Grundsätzlich ist jeder Weg in die Autonomie schmerzhaft.

R: *Hast du dich als Kind anders gefühlt als deine Schulkameraden beispielsweise? Hast du die kirchliche Unterweisung (KUW) besucht?*

M: Dass irgendwie alles anders und komplizierter ist, hab' ich schon gemerkt und es war auch belastend. In der Schule hatte ich sowieso immer Probleme, insbesondere auch mit Lehrpersonen, wie es so unpersönlich heißt. Es gibt Bekannte von mir, die denken heute, meine schulischen Probleme seien mit dem jüdischen Hintergrund meiner Mutter zu erklären, die hätten das gewusst, also: Antisemitismus. Ich bin mir aber nicht sicher, weiß es wirklich nicht. In der kirchlichen Unterweisung war ich, das war eine Art Wurmfortsatz der Schule, es gab etwas mehr zu diskutieren über ethische Fragen, das gefiel mir ganz gut, aber so richtig christlich war die Sache nicht, vielmehr wurden dort auch oft israelische Lieder gesungen, das war die Zeit der Israelbegeisterung in der ganzen Schweiz.

R: *Wie begegnest du Antisemitismus?*

M: So richtig eindeutiger Antisemitismus ist mir in der Schweiz direkt persönlich nie begegnet. Als ich in den späten 80er-Jahren kurz in der Sowjetunion war, mal, da war es mir ehrlich gesagt zu kompliziert zu reagieren. Jedenfalls ist es anders, als was ich von meiner Mutter mitbekommen habe, für die es wichtig war zu betonen, dass sie in ihrer Jugend oftmals Antisemitismus erlebt habe und dann jeweils mit »Danke fürs Kompliment« reagiert habe, weil die Antisemiten gar nicht auf die Idee gekommen seien, sie könnte jüdisch sein und sie dann als »halt eine Ausnahme« bezeichnet worden sei, was sie vollends erbost habe. Ich hab' dann wohl Ähnliches erwartet, aber nie selbst erlebt.

R: *Hat Israel eine besondere Bedeutung für dich?*

M: Schwierig, da muss ich mich wohl einem kleinen Selbstanalyseversuch unterziehen: Da ich auf kritisierbare Aspekte, z. B. die Siedlungspolitik, emotional reagiere, fast so etwas wie Scham empfinde, bedeutet das wohl, dass ich mich in gewisser Weise identifiziere, um mich dann intellektuell zu distanzieren. Vielleicht hat das damit zu tun, dass ich, wenn ich möchte, aufgrund meiner jüdischen Mutter jederzeit dorthin auswandern könnte, obwohl ich es gar nicht nötig habe, während etwa eine Palästinenserin draußen bleiben muss oder auch ein Kriegsflüchtling von wo auch immer, der zwar ein Land hätte, dorthin aber nicht zurückkann. Diese Ambivalenzen sind wohl auch dafür verantwortlich, dass ich gar noch nie dort war, ohne das bewusst entschieden zu haben.

R: *Empfindest du Israelkritik bisweilen als antisemitisch?*

M: Es gibt schon so etwas wie eine Besessenheit, die Israel als das weltpolitische Übel schlechthin sieht, da denke ich schon, dass zumindest unbewusst antisemitische Muster zum Tragen kommen. An diesem Phänomen wird aber auch viel Kritik geübt. Dabei wird nicht nur jegliche Kritik, es werden auch Analysen problematischer Grundlagen der Staatsräson reflexartig als antisemitisch abgestempelt, das halte ich für unredlich. Ob es mir gelingt, in jedem Fall herauszuspüren, ob eine Kritik nun antisemitische Anteile hat oder nicht, weiß ich nicht, ich versuche es und bilde mir zumindest ein, ein gewisses Sensorium entwickelt zu haben, um es unterschieden zu können.

R: *Sagst du, dass du einen jüdischen Hintergrund hast?*

M: Gelegentlich, wenn es sich in einem Gespräch ergibt, ja.

R: *Wie hat dein Vater auf deine jüdische Mutter reagiert? Gab es deswegen Diskussionen oder wie haben sich deine Eltern dazu verhalten?*

M: Sie haben sich gewissermaßen in der jeweiligen Distanzierung von ihrer Herkunftsreligion gefunden. Meine Mutter hat ja lange nicht geheiratet und als sie dann Ende dreißig doch noch Gefallen an meinem Vater fand, wurden erstmal zwei Dinge geklärt, wie sie es auf den Punkt gebracht hat: Ist er definitiv kein Antisemit und kein Frauenstimmrechtsgegner? Dann war alles in Ordnung und diskutiert wurde darüber nicht mehr, nur diese Anekdote erzählt. Der Vater musste sich offenbar noch gegenüber Vorurteilen seiner Mutter durchsetzen, welche das genau waren, habe ich nicht erfahren.

R: *Was weißt du über unsere Großeltern? Was weißt du über die jüdische Familie unseres Großvaters?*

M: Nur Bruchstückhaftes, das allerdings sehr plastisch, es muss mir also oft und früh erzählt worden sein: Viehhändler aus dem Elsass, Deserteure aus dem Ersten Weltkrieg, die Urgroßmutter, die immer zu Fuß nach Besançon in die Synagoge ging, Tanten unseres Großvaters, die in einem Heim lebten und von denen meine Mutter vermutete, dass sie den Nazis zum Opfer gefallen sind. Brüder unseres Großvaters, denen in den 1920er-Jahren die Einbürgerung in die Schweiz verweigert wurde, weil sie in Schlägereien, wahrscheinlich mit Antisemiten, verwickelt waren. Nicht direkt Familie, aber auch prägend für meine Mutter, dass sie zur Schule gegangen ist mit der Tochter von Arthur Bloch, dem Viehhändler, der 1942 von Schweizer Nationalsozialisten ermordet wurde.

R: *Haben diese Fragen für dich in deinem heutigen Leben überhaupt eine Bedeutung oder eher nicht?*

M: Soweit ich es bereits geschildert habe, in beschränktem Rahmen durchaus. Insgesamt wohl aber indirekt mehr als direkt. Das Judentum hat wohl eine innere Dynamik hin zur Säkularisierung, die bei meiner Mutter stark gewirkt hat, ohne dass der Bezug zu Ursprüngen verloren ging. Und dass mich etwa religionssoziologische Fragen immer wieder interessieren, hat wohl auch damit zu tun.

R: *Möchtest du mir noch etwas sagen?*

M: Was mir grad noch einfällt und vielleicht auf den Punkt bringt, wie etwas Jüdisches weg und trotzdem da ist: Außer ab und zu etwas Schinken hat meine Mutter nie mit Schweinefleisch gekocht und hat mir zudem auch gesagt, dass es eigentlich ein schöner Gedanke sei, milchig und fleischig zu trennen, weil es sich nicht gehöre, das Kälbchen in der Milch der Mutter zu kochen. Das leuchtet mir ein, trotzdem habe ich aber manchmal großen Appetit auf Blutwurst, die ich erst entdeckt habe, als ich schon zu Hause ausgezogen war. Und das ist gemäß jüdischen Gesetzen nun natürlich das Allerschlimmste, dreifach verboten: 1. Schwein, 2. Milch und Fleisch zusammen und 3. Blut! Wenn ich das esse, dann ist immer der ambivalente Reiz des Verbotenen präsent, so etwa stelle ich mir vor, dass es ist, wenn Katholiken und Katholikinnen Sünden begehen.

R: *Ich danke dir für deine Offenheit! Durch deine Antworten habe ich etliches über meine Familie erfahren, herzlichen Dank!*

Interviews, die Ionka geführt hat

… mit ihrer Freundin Gabi

I: *Wie wichtig ist es dir, dass du einen – auch – jüdischen Hintergrund hast?*

G: Das ist immer wichtiger geworden zumal ich in den ersten Lebensjahren nicht viel damit anfangen konnte, weil nur so merkwürdige Rituale erkennbar waren. Zum einen die von meiner Mutter geprägten katholischen, aber gelegentlich auch etwas Jüdisches durch meinen Vater.

I: *Kannst du ein Beispiel nennen für diese jüdischen Rituale?*

G: Ja, eins fällt mir ein: Wir bekamen Besuch aus Belgien. Es war irgendein ganz, ganz entfernter Verwandter und mein Vater bestand darauf, dass das Kreuz, das in einem der Zimmer hing, entfernt wurde. Außerdem wurden Bilder der jüdischen Stammväter aufgehängt. Es wurde also die Dekoration gewechselt. Für mich war das merkwürdig, aber auch verständlich, weil ich dachte: Ja, der Papa muss sich ja auch irgendwie bemerkbar machen mit seiner Religion.

I: *Wusstest du immer, dass dein Vater Jude ist?*

G: Nein. Am Anfang gar nicht. Ich wurde eigentlich mehr oder weniger überrascht, als wir eingebürgert wurden – da war ich 11 oder 12 Jahre alt – und eigentlich habe ich da erst die Geschichte meines Vaters erfahren. Darüber wurde nicht geredet, weil alles so schrecklich war. Es wurde sehr viel geschwiegen über die Grausamkeiten. Ich selbst hab' dann wahnsinnig viel gelesen, als ich angefangen habe, zu verstehen.

I: *Wer hat denn bei euch das Familienklima geprägt – und wie wurdest du geprägt?*

G: Das Familienklima war geprägt durch große Toleranz. Meine Mutter hat uns das Christentum, das Katholischsein, in sehr entspannter Art vorgelebt, hat uns zu nichts gezwungen. In der katholischen Jugend haben meine Geschwister und auch ich aber ein Stück Heimat gefunden – wir hatten sehr fortschrittliche Geistliche. Aber das Entscheidende war immer die Toleranz gegenüber jeder Religion. Und nicht nur gegenüber Religion, denn mein Vater war Atheist.

I: *Wie würdest du deine religiöse Identität heute beschreiben?*

G: Dass ich dem katholischen Glauben einiges verdanke, aber dass ich eigentlich ungläubig bin (lacht dabei). Ich würde gerne an etwas glauben, aber als Naturwissenschaftlerin glaube ich, dass ich nicht glaube. Als ich aus der katholischen Kirche ausgetreten bin, habe ich mich nicht für das Judentum, sondern für das Anderssein entschieden. Ich habe mich immer anders gefühlt. Ich habe mich zwar in der katholischen Kirche wohlgefühlt, aber ich habe auch immer empfunden, dass ich ein bisschen anders bin. Mein Stichwort dazu ist »heimatlos«. Mein Vater ist nie in Deutschland heimisch geworden – er stammt aus der Gegend von Odessa – und das hat sich auch auf uns Kinder übertragen: Mein Schwester Siwa ist nach Israel, meine Schwester Karin in die Schweiz ausgewandert und ich bin so gependelt, letztlich aber in Deutschland geblieben nach dem Motto: »Einer muss sich kümmern.«

I: *Hast du dir jemals überlegt, zum Judentum überzutreten?*
G: Nein.

I: *Wem erzählst du etwas von deinem jüdischen Hintergrund?*
G: Menschen, die mir vertraut sind, und Freunden würde ich das nie verschweigen, weil es einen Teil meiner Identität ausmacht. Es gehört zu mir, diese Zerrissenheit ist ein Teil und auch dieses Sich-nicht-so-richtig-dazugehörig-Fühlen. Deutschland ist zwar mein Heimatland, aber ich habe schon mit dem Wort »Heimat« Probleme. Also spreche ich mit Menschen, die ich näher kenne, darüber.

I: *Was hältst du an dir selbst für jüdisch?*
G: Die Zerrissenheit, die Grautöne. Ich habe Dinge von meinem Vater übernommen, die ich jetzt im Alter als typisch jüdisch sehe. Auch der jüdische Humor hat mich immer sehr fasziniert. Die jüdischen Traditionen finde ich interessant, mich zieht das Judentum an. Es ist etwas, was mich berührt und was ich verteidigen würde, wenn es jemand angreifen würde. Aber wie gesagt, immer so dazwischen.

I: *Bist du Antisemitismus schon mal persönlich begegnet?*
G: Nein.

I: *Wie gehst du damit um, wenn dir Antisemitismus wie auch immer begegnet – was bedeutet das für dich?*
G: Es macht mich wütend, ich würde mich wehren. Die Angst, dass sich Dinge wiederholen, hat mich in den letzten Jahren schon sehr beschäftigt. Es ist für mich unfassbar, dass es wieder so einen Antisemitismus gibt. Mir in meiner kleinen Welt ist er nicht begegnet, aber ich würde mich dagegen auflehnen, ich würde etwas dagegen tun.

I: *Wie sieht deine Tochter ihren Anteil am Judentum? Wie seid ihr darüber im Gespräch?*
G: Wir haben mit Lea immer sehr offen über ihren jüdischen Großvater gesprochen, den sie ja nie erlebt hat. Wir haben mit ihr die

jüdischen Feste besprochen, haben sie auch ein oder zwei Mal gefeiert, damit sie das kennenlernt – sozusagen nach Buch gefeiert, denn ich bin ja durch meinen Vater nie in eine jüdische Tradition eingewiesen worden. Deswegen habe ich mir Bücher gekauft und habe die Feste mit Lea zelebriert. Aber das ist sehr handmade gewesen. Lea ist von ihrem Vierteljudentum überzeugt und lebt das auch und fühlt sich, glaube ich, auch sehr dahingezogen, sie identifiziert sich sehr stark damit.

I: *Nach der Halacha sind wir ja überhaupt nicht jüdisch, auch wenn wir uns anders fühlen. Haderst du deshalb manchmal mit den Gemeinden?*

G: Ja, ich würde schon gerne ein bisschen stärker einsteigen. Es gibt aber große Hindernisse, die einem die Gemeinden in den Weg legen. Aber richtig bemüht darum, wie das andere machen, habe ich mich nicht. Auch weil ich befürchte, dass es dann vor allem um Religion ginge. Mich interessieren die jüdischen Traditionen, aber nicht der jüdische Glaube, da differenziere ich.

I: *Wie würdest du dein Verhältnis zu Israel beschreiben?*

G: Natürlich sehe ich Netanjahu kritisch, die Regierung kritisch. Unter uns kann man Israel angreifen – ich sehe die Politik wirklich sehr bedenklich und finde es furchtbar, was mit den Palästinensern gemacht wird. Aber das ist halt das einzige Land, das die Juden haben. Ich hoffe immer noch, dass ein Stück Vernunft einkehrt. Meine Schwester sieht das ja alles ganz anders. Das ist ein Streitpunkt in der Familie.

I: *Kannst Du erzählen, was deine Schwester in Israel macht?*

G: Meine Schwester ist schon sehr früh, mit 19 Jahren, ausgewandert, hat Hebräisch gelernt, im Kibbuz gelebt, hat dann später in Israel gearbeitet und ist jetzt als Rentnerin dort. Im Grunde ist sie auch sehr zerrissen: Sie hat den christlichen Glauben nicht ganz abgelegt, ist aber zum Judentum übergetreten. Sie lebt gleichzeitig als versteckte Christin und übergetretene Jüdin.

I: *Welche Bedeutung hat unsere patrilineare Gruppe für dich?*

G: Es ist so ein Stückchen Heimat, eine Verbindung mit Menschen, die ähnliche Erfahrungen haben, auch wenn jeder das Patrilineare anders erlebt. Ich möchte die Gruppe nicht missen, finde es schön, dass es sie gibt und wünsche mir auch, dass das noch viele Jahre so weitergeht. Manchmal sitzen wir aber zusammen und ich frage mich, was wir eigentlich wollen. Da wünsche ich mir eine Entwicklung. Aber mir ist es wichtig, dass man sich nah ist und ähnliche Gefühle hat.

I: *Gibt es noch etwas, was du von dir in Bezug auf dein halbes Jüdischsein erzählen möchtest?*

G: Was ich manchmal vergesse, ist das Positive daran: dass ich ein bisschen Abstand habe von meinem Deutschsein und eben ein hohes Maß an Toleranz und an Offenheit mitbekommen habe. Andere müssen kämpfen um das, was wir auch aufgrund unserer Heimatlosigkeit einfach mitbekommen, nämlich offen zu sein für die Welt und keine Grenzen zu sehen, wirklich europäisch, weltoffen zu sein. Das empfinde ich als das Positive.

I: *Danke für das Gespräch.*

… mit ihrer Schwester Judith

I: *Ist dir dein Jüdisch- bzw. Patrilinear-Sein wichtig?*

J. Ja, das ist mir immer wichtiger geworden. Es gibt einen positiven Teil: das, was ich kulturell mitbekommen habe, was zu Hause immer gelebt wurde – Musik, Literatur, Geschichten, Lyrik, Humor. Und es gibt eine schwierigere Seite und das ist die Frage nach Identität.

I: *Was war denn unsere Familienidentität – war sie jüdisch, kommunistisch …?*

J: Das hat sich mit dem Erscheinen des Buches von Vali, der »Kaiserhofstraße 12«, geändert. Bis dahin hat für mich die politische Seite überwogen, wobei ich mich an die kommunistische Zeit nicht mehr erinnern kann, mehr an die spätere, die eher sozialdemokratisch war. Das Jüdische war zwar präsent, aber im Hintergrund. Mit dem Buch ist es in den Vordergrund getreten.

I: *Wer hat dich in Bezug auf deine Identität stärker geprägt: unsere Mutter oder unser Vater?*

J: Das war Vali, obwohl die pubertären Auseinandersetzungen eher mit Irmgard stattfanden. Von Vali kamen viele Impulse, Anregungen. Nicht dass er das didaktisch vermitteln wollte – er hat es einfach gelebt. Seine Liebe zu Heine etwa, die ich geerbt habe.

I: *Wem erzählst du, dass du einen jüdischen Hintergrund hast?*

J: Erstaunlich wenigen Menschen. Ich habe immer das Gefühl – das ist jetzt die erwähnte problematische Seite der Identität – ich maße mir etwas an, weil ich ja keine Jüdin bin.

I: *Gab es eine Zeit in deinem Leben, in der du zum Judentum konvertieren wolltest?*

J: Ich habe früher immer gesagt, ich wünschte mir, einer Religion anzugehören, dann könnte ich austreten. Manchmal habe ich mich nach einem Gott gesehnt, um Verantwortung abzugeben. Die sehr freie Erziehung von Irmgard und Vali habe ich zuweilen auch als belastend empfunden, weil man immer selbst für alles verantwortlich war. An Konvertierung dachte ich in diesem Zusammenhang nicht und das mit Gott und der Verantwortung hat sich dann auch ziemlich schnell erledigt. Ich habe mir immer gewünscht, dazuzugehören und dann zu entscheiden, wie weit ich mich drauf einlasse etwa: »Ich bin Jüdin, aber ich glaube an keinen Gott.«

I: *Wie jüdisch hast du denn Vali erlebt?*

J: Ich glaube, er war sehr jüdisch, besonders sein Humor.
Eine unvergessliche Geschichte: Irmgard und Vali haben mich im Urlaub auf einen Reiterhof an der Nordsee gebracht. Ich war etwa 10. Wir mussten unterwegs übernachten und Vali hat Witze und Geschichten erzählt, dass mir der Bauch wehtat vor Lachen – in meiner Erinnerung haben wir die ganze Nacht gelacht.

I: *Wie jüdisch siehst du dich selbst?*

J: Ein bisschen jüdisch, aber keine Jüdin. Vieles ist mir seltsam vertraut, wenn wir mal in der jüdischen Gemeinde sind. Das hängt auch damit zusammen, dass dort so viele aus Russland kommen. Russland war in unserer Familie (eher subkutan) ein Sehnsuchtsland – wegen der Herkunft der Großeltern und wegen der Revolution.

I: *Begegnest du Antisemitismus und wenn ja, wie gehst du damit um?*

J: Nein, aber mich nimmt niemand als Jüdin wahr. Als ich mit muslimischen Migranten gearbeitet habe, war ich zu feige meine jüdischen Wurzeln zu thematisieren.

I: *Wie bezeichnest du dich, wenn du nach deiner Religion gefragt wirst?*

J: Als Atheistin.

I: *Würdest du gerne mehr mit der jüdischen Gemeinde zu tun haben, Mitglied sein?*

J: Nein. Ich glaube, ich würde ich mich sehr fremd fühlen.

I: *Wie ist dein Blick auf Israel?*

J: Wenn wir früher beim Abendbrot saßen und das Wort »Israel« fiel, ist der Lärmpegel sofort in die Höhe geschnellt, alle haben gestritten und gleichzeitig geredet. Ich war noch klein, habe nichts verstanden und nichts gesagt.

Ich würde mir wünschen, dort einen Sehnsuchtsort zu haben – und dann machen sie dort so eine beschissene Politik. Und gerade weil es so ein verpatzter Sehnsuchtsort ist, reagiere ich auf die beschissene israelische Politik viel emotionaler als auf die beschissene Politik der anderen Länder drumherum. Andererseits finde ich Israelkritik oft problematisch, weil sie sich mit Antisemitismus mischt, »die Leute ihr Mütchen kühlen« – ein Ausdruck von Vali und Paula (Valis Schwester). Ich bekomme manchmal bei linken Freunden ein ungutes Gefühl wegen der starken Aggressivität, mit der Kritik an Israel geäußert wird. Ein grauenhaftes Thema!

I: *Was meinst du, welche Rolle Valis Judentum für unseren Bruder gespielt hat, der ja einen nichtjüdischen Vater hatte?*

J: Rüdiger war immer sehr stolz auf Vali. Und wir waren alle drei stolz darauf, keine Tätereltern zu haben. Damit standen wir ziemlich allein in unserer Generation.

I: *Bekommt deine Tochter etwas von deinem jüdischen Hintergrund mit?*

J: Nein. Das war und ist kaum ein Thema, auch wenn sie einiges mitbekommt. Es hat auch für ihren Vater keine Rolle gespielt.

I: *Wie hast du unsere Mutter in Bezug auf Judentum erlebt?*

J: Ich glaube, dass sie durch Vali hoch identifiziert war. Es gibt diesen Witz: »Was ist der Unterschied zwischen einer Bulldogge und einer jiddischen Mamme? Die Bulldogge lässt irgendwann mal los.« Irmgard hatte etwas von einer jiddischen Mamme. Und das war meines Erachtens neben ihrer Attraktivität, und dass die beiden in so vielem harmoniert haben, auch ein Aspekt, weshalb Vali sich in Irmgard verliebt hat. Oder?

I: *Das sehen wir unterschiedlich. Wir haben ja schon ein paarmal festgestellt, dass wir scheinbar aus sehr unterschiedlichen Familien kommen – vor allem in Bezug auf unsere Mutter, weniger in Bezug auf unseren Vater. – Irmgard und Israel?*

J: Ich kann mich nicht an die Zeit erinnern, als Irmgard die beiden Filme über Israel gedreht hat, habe aber beim Überspielen ihrer Filme festgestellt, dass sie beim Hessischen Rundfunk offenbar zuständig für jüdische Themen war.

I: *Hast du dich als Kind anders, besonders gefühlt, weil du z.B. nicht am – christlichen – Religionsunterricht teilgenommen hast? War diese andere Identität, die wir haben, für dich schon als Kind spürbar?*

J: In der Grundschule sagten sie mir, ich käme in die Hölle. Das war bedrohlich, weil ich nicht wusste, was das ist. Und ich erinnere mich, dass mir die Kinder im Chor »Heide, Heide« hinterhergerufen haben, woraufhin ich mich mit dem Anführer geprügelt habe.

I: *Welche Unterschiede sieht du bei uns beiden in Bezug auf Jüdischkeit?*

J: Du betonst immer die positiven Seiten und dass wir so verschiedene Sichtweisen hätten. Aber ich glaube schon, dass ich, dass wir von Vali sekundär traumatisiert sind, obwohl er verhältnismäßig unbeschadet aus der Nazizeit gekommen ist und so viel Wärme und Zuwendung für uns hatte.

Vali hat zwar auch mit seinem mangelnden Selbstbewusstsein kokettiert, aber da war immer auch ein wahrer Kern: das Sich-rechtfertigen-Müssen zum Beispiel, das Sich-Anpassen, Dazugehören-Wollen … Diese Themen finde ich auch in mir wieder und die Frage nach meiner Identität begleitet mich schon meine Leben lang.

I: *Was bedeutet dir unsere patrilineare Frühstücks- bzw. Stammtischgruppe?*

J: Mir ist hier vieles klargeworden. Was mich immer wieder verblüfft: Wir haben so verschiedene Väter mit so verschiedenen Geschichten – manche haben ihren Vater nur kurz kennengelernt, manche Väter kamen traumatisiert aus dem KZ zurück oder sind vor dem Krieg ausgewandert und trotzdem gibt es immer wieder erstaunliche Gemeinsamkeiten. Außerdem habe ich eine Menge sehr netter Leute kennengelernt.

I: *Willst du noch irgendetwas zufügen?*

J: Ja, zur vielgeliebten Paula – eine einmalige Mischung aus Frankfurter Schlagfertigkeit und jiddischem Mutterwitz. Ich glaube, Paula war jüdischer als Vali und sie hat unsere Identität mitgeprägt. Ich habe sie weniger erlebt als du und Rüdiger, aber ich habe sie nichtsdestotrotz sehr geliebt. Und sie war für Vali sehr wichtig und umgekehrt: Er hat das Coming-out als Jude ja für sie miterledigt. Obwohl sie auch ihre Abgründe hatte, habe ich das Gefühl, dass sie sehr identisch mit sich war, intakter.

Und: Masel tov für euer Buchprojekt.

I: *Judith, danke für unser Gespräch!*

Patrilineare Gruppen

Ionka erzählt

Die Patris – nicht zu verwechseln mit den Patrioten!

Vorbemerkung aus gegebenem Anlass: Dieser Text ist subjektiv – wie fast alles in diesem Buch – und erhebt keinerlei Anspruch auf Allgemeingültigkeit noch darauf, im Namen aller Mitglieder der besagten Gruppen zu sprechen. Es ist einfach mein Blick.

Zusammengekommen sind wir, weil eine jüdische Freundin fand, dass wir jüdischer werden sollten, wir Halbgojim. Es ist ihr ganz gut gelungen. Also beides.

Es ging erst mal sachte los: Beim ersten gemeinsamen Frühstück waren wir ein halbes Dutzend, die meisten kannten sich schon mehr oder weniger gut. Wir waren überwiegend Töchter – deutlich weniger Söhne – von jüdischen Vätern, die die Nazizeit in Lagern oder als Juden unerkannt in Gefängnissen oder in Israel oder untergetaucht in Deutschland überlebt hatten oder vereinzelt erst nach '45 geboren worden waren. Wir waren also eine Gruppe von überwiegend älteren Frauen, die ihr Leben in oder um Frankfurt haben. Eine aus dieser Beginnergruppe hatte nur eine jüdische Großmutter und hat uns bald wieder verlassen, weil sie sich mit ihrer Viertel-Jüdischkeit doch eher christlich-deutsch gefühlt hat, auch wenn sie Atheistin ist und der Vater Pole.

Wir wurden mehr – es hatte sich unter Patrilinearen rumgesprochen, dass es jetzt einen exklusiven Club nur für sie gibt, in dem die Mitgliedschaft keinerlei sonstige Voraussetzungen hat. Diese Frühstücksgruppe existiert erweitert auch nach ein paar Jahren noch und will noch einige Zeit so intim bleiben, wie sie gerade ist. Das schließt eine gefühlte Obergrenze von Teilnehmenden ein und diese Obergrenze war ziemlich schnell erreicht.

Für später Dazukommende haben wir dann einen patrilinearen Stammtisch gegründet – da sind wir deutlich mehr und auch deutlich weniger intim. Und viel bunter: immer noch mehr Frauen, aber auch eine erkleckliche Anzahl von Männern, mehrere von außerhalb Frankfurts, wieder einige mit nur einem jüdischen Großelternteil, die sich aber jüdisch fühlen, und endlich auch mehr Jüngere und mit ihnen zusätzliche Themen.

Über was unterhalten wir uns so? In beiden Gruppen über Ähnliches: z. B. was für uns jüdisch ist – da gibt es ein riesiges Spektrum von bildungsorientiert über diskussionsfreudig, traumatisiert, mit ironischer Distanz zu uns selbst (eher selten tauchen da religiöse Fragen auf) –, warum wir – nicht – übertreten wollen, welches Verhältnis wir zu den jeweiligen jüdischen Gemeinden haben und haben wollen, wie wir zu Israel stehen, wie wir die momentane politische Lage in Deutschland einschätzen in Bezug auf Antisemitismus und Rassismus, wie unsere Väter so waren – wie sie uns geprägt haben – und wie unsere Mütter. In fast keinem Punkt gibt es viele Übereinstimmungen, aber alles in allem verstehen wir uns prächtig.

Immer mal wieder taucht die Frage auf, warum wir so viel Aufhebens um unsere »Halbjüdischkeit« machen und ob wir's nicht sein lassen sollten. Dann gibt es jedes Mal einen Aufschrei, gepaart mit einem Motivationsschub – na klar soll es weitergehen, wir können doch unsere Väter nicht verleugnen, nicht ihre Traumata, die sie uns verpasst haben, nicht den Stolz, den sie uns mitgegeben haben. Aber mal ehrlich: In einer Stadt wie Frankfurt, in der ungefähr die Hälfte der Bevölkerung nichtdeutsche Wurzeln hat, mit Müttern oder Vätern oder beidem, die ihnen ihre Traumata verpasst haben und ihren Stolz mitgegeben haben, da fragt man sich schon, was unsere Einmaligkeit sein soll. Mal abgesehen davon, dass für uns natürlich das Jüdischsein – oder eben nicht – die Frage ist, mit der wir uns herumschlagen, sollen sich andere mit ihren kulturellen Uneindeutigkeiten herumschlagen. Und: Wir leben in Deutschland! In dem Land, das unsere Väter und Großeltern ausrotten wollte und dem sie ein Schnippchen geschlagen haben. Und offenbar sind die beiden Patri-Gruppen für jede und jeden von uns mehr als ein kuschliger Ort von Vertrautheit. Es ist auch der Ort, der uns dem jüdischen Teil unserer Wurzeln näherbringt, jedenfalls sind die meisten von uns dank der Patri-Gruppen so jüdisch wie nie. Und die Gruppen sind der Ort, an dem wir unsere Väter bewundern können und gelegentlich ihnen verzeihen, der Ort, wo unsere Doppelheit – für etliche von uns Zerrissenheit – Normalität ist und uns dadurch uns selbst selbstverständlicher werden lässt. Und schließlich: Wenn diese Gruppen nicht wären, gäbe es auch dieses Buch nicht. Also ein Hurra auf die Patris!

Zwischenspiel 2
Gedicht von Max Czollek

dies ist kein konfessionelles gedicht

wie immer, wenn jemand seine kamera
auf mich richtet, muss ich lachen

wie wenn andere klatschen, klatsche ich auch

wie ich baue einen unterstand aus decken
und sage: hier sind wir sicher

wie ich habe keine lust mehr
wenn ich dich jiddisch sprechen höre
eine kerze anzuzünden

wie manchmal hoffe ich
du durchschaust meine einfachen lügen

wie mein herz ist eine synagoge
wird tag und nacht bewacht
trotzdem brennt es ab

wie ein gedicht, das sagt: bitte gehen sie weiter
es gibt hier nichts für sie zu sehen

Hintergründe

aufgerollt von Ruth

Bibel/Thora

Das jüdische Gesetz legt fest, dass Kinder jüdischer Väter und nichtjüdischer Mütter keine Juden sind. Wer hingegen als Kind einer jüdischen Mutter geboren wird, ist Jude.

Häufig kommt die Frage auf, ob es sich hier um die Vorstellung einer von Juden gewünschten homogenen Genetik gehandelt haben könnte. Schließlich wird Juden ja auch von außen immer wieder zugeschrieben, über unveränderbare, angeborene Merkmale und Eigenschaften zu verfügen. Sei es die große Nase oder die Fähigkeit, Geige zu spielen – um zwei Zuschreibungen zu nennen, die sofort zeigen, wie lächerlich die Annahmen im Einzelnen sein können. Die Annahme einer Vererbung jüdischer Eigenschaften, ob äußerlicher oder charakterlicher Natur, ist natürlich heute wissenschaftlich vielfach widerlegt und als nicht haltbar verworfen. Ein Gesetz mit dem Wunsch und der Vorstellung eines biologisch homogen zu haltenden Judentums müsste heute als eindeutig rassistisch und antisemitisch konnotiert (Stichwort: Nürnberger Rassegesetze und Juden-Gen) abgeschafft werden. Eine biologistische Absicht ist aber ohnehin aufgrund der konträren Dopplung im Gesetz (Mutter ja, Vater nein) als unwahrscheinlicher abzutun.

Um die Frage zu klären, warum, wann oder wozu also diese Abstammungsregel eingeführt wurde, können zunächst die alten Schriften betrachtet werden. Es zeigt sich darin, dass in den anfänglichen Geschichten der Thora die Weitergabe des jüdischen Status durch die Mutter noch nicht die Regel war. Es war sogar eher üblich, dass Männer nichtjüdische Frauen zur Partnerin nahmen, wie beispielsweise Mose. Die nichtjüdischen Frauen konnten für das Judentum von großer Bedeutung werden, wie Rut, die als Urahnin des bedeutenden Königs David in die Geschichte eingeht. Und auch der Status der Kinder richtete sich nachweislich zunächst eher nach beiden Eltern, meist aber zumindest nach dem Vater. Bereits im Laufe der Thora ändert sich diese zunächst eher patrilineare Praxis. Eine der zentralen Stellen, mit der sich die matrilineare Vererbung des Kinderstatus belegen ließe, ist im 2. Buch Mose festgehalten. Darin heißt es:

> »Hüte dich, einen Bund zu schließen mit den Bewohnern des Landes, damit sie, wenn sie ihren Göttern nachlaufen und ihnen opfern, dich nicht einladen und du von ihrem Opfer isst und damit du für deine Söhne ihre Töchter nicht zu Frauen nimmst und diese dann ihren Göttern nachlaufen und machen, dass deine Söhne auch ihren Göttern nachhuren!« (2. Buch Mose 34,15–16)

Hierin zeigt sich eine mögliche Erklärung für die Regel. Man solle keine »fremden Frauen« nehmen, da diese Mann und Kind zur Abkehr vom Judentum bewegen könnten. Mehrfach finden sich Stellen in den alten Schriften, aus denen sich ebendiese Anweisung mit gleicher Begründung ableiten lässt. Samson und Esra seien Beispiele. Wer die religiösen Tiefen näher ergründen will, findet auf die Frage, wer Jude ist, in Heinrich C. Olmer eine fundierte Studie.[6]

Das jüdische Gesetz nun, die Halacha, setzt sich aus dem schriftlichen und dem mündlichen Gesetz zusammen. Die Thora ist die schriftliche Grundlage, die sogenannte »Mischna« das mündliche Gesetz. Die Mischna ist die Ausübung, die Deutung und Weitergabe der schriftlichen Gesetze. Eigentlich durfte (und darf) dieses mündliche Gesetz nicht niedergeschrieben werden. Dennoch wurde es etwa 70 u. Z. bis 220 u. Z. von jüdischen Gelehrten schriftlich verfasst. Der zweite Tempel war zerstört, die Diaspora begann. Es entstand das sogenannte rabbinische Recht; ein Recht, das die Juden im Exil anwenden konnten und das nicht nur religiöse Belange regelte.

6 Olmer, Heinrich C. (2010): »Wer ist Jude?« Ein Beitrag zur Diskussion über die Zukunftssicherung der jüdischen Gemeinschaft (Judentum – Christentum – Islam, Band 8). Würzburg: Ergon.

In der Mischna steht es dann endgültig und richtungsweisend schwarz auf weiß:

> »In allen Fällen, da sowohl seine als auch die Antrauung eines anderen ungültig ist, ist das Kind so wie sie. Wo ist dies der Fall? Beim Kind einer Sklavin oder einer Nichtjüdin.« (Mischnajot 1968, S. 424 [Kidduschin III, 12; 64])[7]

Aus dem Zeitpunkt der Niederschrift lassen sich wiederum Hintergründe für diese Regel ableiten. Eine Vermutung ist, dass Rabbinen die jüdische Population in der nahenden Diaspora sichern wollten, denn eine Mutter ist in Zeiten von Krieg, Vergewaltigungen und Zerstreuung, im Gegensatz zum Vater, immer eindeutig zu bestimmen. Möglich ist ebenfalls, dass die Regel in Anlehnung an das zu der Zeit gängige römische Recht eingeführt wurde und unter römischem Recht war der Status des Kindes der der Mutter.

Darüber, warum das Gesetz so niedergeschrieben wurde, lassen sich heute verschiedene Vermutungen aufstellen. Wahrheitsgetreu rekonstruieren lässt es sich nicht. Sicher ist, dass die matrilineare Vererbung des jüdischen Status spätestens seit der Niederschrift der Mischna vor knapp 2.000 Jahren eine relevante jüdische Tradition ist, die einhellig zu verändern im immer diverseren und auch uneinigen Judentum schwer möglich scheint. Die Abstammungsregel muss heute als eine Zugehörigkeitsbedingung anerkannt werden, wie sie in Gruppen mit Regelwerken nun einmal bestehen. Gleichwohl an ihr gehörig gerüttelt wird.

Rechtsstaatliche Rahmungen

Die Halacha besteht nur neben dem jeweiligen staatlichen Gesetz des Landes, in dem ein Jude lebt. In der jüngsten Vergangenheit und Gegenwart hatten und haben die teilweise gegenläufigen staatlichen Gesetze mitunter massive Auswirkungen auf das Leben von Vater-

7 Mischnajot. Die sechs Ordnungen der Mischna. Teil III (1968). 3. Auflage. Basel: Victor Goldschmidt Verlag.

juden. Über die Zeit des Nationalsozialismus liegen hierzu die meisten Studien vor.[8] Während des Nationalsozialismus wurde das staatliche Recht nicht nur zum Widerspruch, sondern lebensbedrohend. Gleichwohl die vielzitierten Nürnberger Rassegesetze lediglich Ausdruck einer über Jahrhunderte gewachsenen Vorstellung von Menschenrassen und Judenfeindlichkeit waren.

Der rechtliche Rahmen für Kinder aus gemischten Ehen war während dieser Zeit nicht immer eindeutig und spitzte sich im Laufe des Naziregimes zu ihren Ungunsten zu. Sie wurden als »Halbjuden«, »Geltungsjuden« oder »jüdische Mischlinge« klassifiziert und konnten je nach Klassifizierung etwa Privilegien oder Sanktionen erfahren. Die unklare Zuschreibung konnte Kinder aus gemischten Ehen in groteske Lagen bringen. Ein Interviewpartner meiner Studie[9] berichtete beispielsweise, dass er nahezu zeitgleich zwei Briefe erhielt: Einer forderte ihn auf, sich umgehend als Soldat zu melden, der andere, sich im Arbeitslager einzufinden. Andere patrilinear jüdische Kinder berichteten, dass sie nicht mehr die Schule besuchen durften oder, das gab es auch, gemeinsam mit der Mutter nicht den Stern tragen mussten. Großes Leid traf diese Kinder gemischter Ehen, weil ihre jüdischen Familien zu unwertem Leben degradiert, teilweise vor ihren Augen gedemütigt oder abgeführt wurden, sie selbst aber verschont blieben.

Vaterjuden dieser Generation identifizierten sich eher nicht jüdisch. Das Judentum und die Halacha hatten für sie wenig Bedeutung, die Gesetze des Nationalsozialismus aber machten ihre jüdische Herkunft zum Dreh- und Angelpunkt ihrer Existenz. Die geringe jüdische Identifikation zu dieser Zeit lässt sich bereits an den Bedingungen ablesen, unter denen die gemischten Ehen geschlossen werden mussten. Zwar waren interreligiöse Ehen zivilrechtlich seit Ende des 19. Jahrhunderts möglich, üblich oder gesellschaftlich

---

8 Beispiele für Studien sind: Grabowsky, Sonja (2012): »Meine Identität ist die Zerrissenheit«. »Halbjüdinnen« und »Halbjuden« im Nationalsozialismus. Gießen: Psychosozial-Verlag; Meyer, Beate (1999): »Jüdische Mischlinge«. Rassenpolitik und Verfolgungserfahrung 1933–1945. Hamburg: Dölling & Galitz.

9 Zeifert, Ruth (2017): Nicht ganz koscher. Vaterjuden in Deutschland. Berlin: Hentrich & Hentrich.

anerkannt waren sie bis in die 1960er-Jahre nicht unbedingt. Es war eine Zeit der Assimilation, in der jüdische Väter konvertierten oder das religiöse Judentum wenig praktizieren. In Teilen wurde »etwas Jüdisches«, wie Freunde oder Musik, beibehalten, die Kinder aber waren, so zeigte sich in meiner Studie, überwiegend eher christlich sozialisiert worden. Es ist zu vermuten, dass es zu dieser Zeit eher selbstbewusste Frauen waren, die eine solch grenzüberschreitende Partnerschaft eingingen und sich den Unbilden stellten. Im Nationalsozialismus wurden diese Ehen und Familien oft stark beansprucht. Vielfach waren Trennung, auch temporärer Natur, sowie Emigration notwendige Wege der Existenzsicherung.

In diesem Buch spiegelt sich die Stärke der Eltern deutlich. Unorthodox stehen sie geregelt für ihre Ideale ein und stellen diese vor die Erfüllung von Konventionen.

Eine weitere staatsrechtlich Rahmung mit eklatanten Folgen war das Gesetz der ehemaligen Sowjetunion, in dem die Kinder nach dem Status des Vaters geführt wurden. Die religiöse Lebenswirklichkeit in der sozialistischen Sowjetunion war natürlich marginal, der Antisemitismus aber teils drastisch.

Um die 1990er- und Beginn der 2000er-Jahre stellte die Bundesregierung einem Kontingent Juden der ehemaligen Sowjetunion die Einwanderung nach Deutschland frei. Es reisten etwa 200.000 dieser sogenannte Kontingentflüchtlinge nach Deutschland ein, von denen lediglich etwa 80.000 in die jüdischen Gemeinden Deutschlands eintraten. Auch diese verhältnismäßig geringe Zahl veränderte das deutsche Judentum maßgeblich. Denn bis 1990 gab es lediglich knapp 30.000 Mitglieder in jüdischen Gemeinden. Deutschland hatte während des Nationalsozialismus sein Judentum nachhaltig eliminiert. Auch der sowjetische Staat also hatte rechtliche Tatsachen geschaffen, die der halachischen Regel widersprechen. Für Personen patrilinear jüdischer Herkunft bedeutete dies im Pass die Eintragung »Nationalität: Jude«, in deutschen Einheitsgemeinden dann die Abweisung als Nichtjude. Seitdem aber so zahlreich »Vaterjuden« nach Deutschland kamen, gibt es für das Thema in Deutschland zumindest eine Sensibilität und Gehör. Denn diese Vaterjuden fühlten sich dem Judentum eher zugehörig und waren eine zahlenmäßige Größe. Für die sogenannten Kontingentflüchtlinge wurden die jüdischen Gemeinden Deutschlands ein Hort ihrer migrantischen Praxis und Erinnerung und diese Praxis und Erinnerung teilen Vaterjuden ungeachtet der Halacha.

Als letzte große widersprüchliche Regel muss das Rückkehrgesetz Israels angesprochen werden. Wie besonders im Interview auf S. 146 ausgeführt, dürfen Vaterjuden aufgrund des Rückkehrgesetzes die israelische Staatsangehörigkeit erhalten, wie alle, die ein jüdisches Großelternteil nachweisen können. M.s Ausführungen zeigen, dass dies nicht so einfach ist, wie es klingt. In Israel selbst bietet eine solche Staatsangehörigkeit dann noch nicht einmal die gleichen Rechte. Da die sozialen Angelegenheiten von dem orthodoxen Rabbinatsgericht geregelt werden, sind Vaterjuden in Israel etwa die Hochzeit oder das Begräbnis auf einem jüdischen Friedhof verwehrt. In meinen Recherchen zeigte sich, dass dies offenbar alleinig in der Öffentlichkeit problematisiert wird, wenn patrilineare Soldaten fallen und eine angemessene Bestattung nicht durchgeführt werden kann. Vaterjuden sind in Israel kein Politikum, kein Grund für Gesetz und Forschung zu handeln.

Innerjüdische Praxis

Wollen Vaterjuden den jüdischen Status, ist es – bis auf individuelle Sonderregelungen– notwendig, religiös zu konvertieren. Dabei öffnet sich wenig überraschend eher das liberale Judentum, viele orthodoxe Rabbiner hingegen nehmen Vaterjuden als Nichtjuden wahr und lehnen selbst deren Anfrage eines Übertritts ab.

Das liberale Judentum scheint hier näher an der Gegenwart. Es stellt sich den Herausforderungen einer stets säkulareren Welt und den Herausforderungen der sich daraus ergebenden Häufung interreligiöser Paare. Auch im liberaleren Weg wird die Haltung religiös argumentiert. Im Talmud etwa steht – und das ist bis heute gültig –: »Die Familie des Vaters wird als die Familie des Kindes angesehen, die Familie der Mutter nicht.« (TB Baba Batra 109b Talmud)[10] Das Band zum Judentum wird als lediglich unterbrochen

10 Goldschmidt, Lazarus (2002): Der Babylonische Talmud. Frankfurt: Suhrkamp.

wahrgenommen und daher ist keine Konversion, sondern lediglich eine »Statusklärung« notwendig, um wieder anzuknüpfen. Für eine »Statusklärung« nun gibt es kein standardisiertes Prozedere, sie ähnelt aber einem Gijur. Vaterjuden werden aus dieser Sicht oft auch als »Sera Israel«, ein Samen Israels, bezeichnet.

In den letzten Jahrzehnten bereits etablierte sich ein innerjüdischer Umgang mit Vaterjuden. Allen voran selbstverständlich in Amerika, wo neben Israel die meisten Juden auf der Welt leben. Bevor etwa 140.000 jüdische Flüchtlinge während der 1930-Jahre emigrierten, lebten bereits etwa 4,5 Millionen Juden dort. Es konnte sich ein besonders vielfältiges Judentum entwickeln. Spätestens mit Deborah Feldmans Bestseller »Unorthodox« wurde das erzkonservative Leben der ultraorthodoxen Juden in New York transparenter. Gleichzeitig beschreibt etwa eine Patrilineare in meiner Studie, wie willkommen sie sich als Vaterjüdin dort fühlte. »Da fragte kein Mensch danach«, berichtet sie in ihrem Interview.

Schon Anfang der 1970er-Jahre reagierten Amerikas Juden integrativ auf die wachsende Zahl interreligiöser Paare. Es wurden Kurse angeboten, die nichtjüdischen Paaren die Annäherung an das Judentum erleichtern sollten. Der Übertritt wurde danach eher einfach gestaltet. Der Fortbestand des Judentums, der durch die Häufung von interreligiösen Paaren bedroht schien, sollte somit gewährleistet werden, ebenso wie die jüdische Erziehung der Kinder.

Die Central Conference of American Rabbis (CCAR) verfasste 1983 schließlich eine Resolution zum Status von Menschen patrilinear jüdischer Herkunft. Sie schrieben nieder, dass sie Patrilineare als Menschen jüdischer Abstammung anerkennen und ihnen der Übertritt erleichtert wird, sofern die jüdischen Gesetze eingehalten werden. Viele andere Länder praktizieren dies heute ähnlich. Dänemark, England und Tschechien seien Beispiele hierfür.

In den USA aber ist es Juden darüber hinaus – wie in keinem anderen Land – möglich, gesellschaftlich jüdisch zu sein. Kein Supermarkt, der nicht eine Auswahl koscherer Speisen oder jüdischer Accessoires hätte, keine Fernsehserie, in der nicht Juden mitspielten, und das, ohne dass sie in Bezug zu Holocaust, Antisemitismuserfahrung oder praktizierter jüdisch-religiöser Riten gesetzt werden und dabei eine Mahnungs- und Erinnerungsfunktion zu erfüllen haben. Das Jüdische ist dort Teil einer gesellschaftlichen Kultur, nicht in hohem Maße inhaltlich reduziert auf die erwähnten Aspekte.

Deutschland nun hat bekanntermaßen eine andere Geschichte und steht daher heute an einem anderen Punkt als die USA. Vor dem Nationalsozialismus blühte auch in Deutschland das reformierte Judentum. Dass das Konservative die Überhandnahm, lag größtenteils daran, dass sich die wenigen in Deutschland lebenden Juden auf den »strengsten« gemeinsamen Nenner einigten, um möglichst vielen der lediglich etwa 20.000 unmittelbar nach dem Nationalsozialismus in Deutschland lebenden Juden die Teilhabe zu ermöglichen.

Eingangs erwähne ich, dass im Jahr 1990 etwa 30.000 Juden in Deutschland lebten. Obgleich die jüdische Bevölkerung um etwa die Hälfte wuchs, gab es schlicht sehr, sehr wenige. Durch die Zuwanderer aus der ehemaligen Sowjetunion nun wuchs die Zahl der deutschen Juden so stark, dass sich langsam wieder verschiedene Strömungen entwickeln konnten und können. In den letzten Jahrzehnten erstarkt dabei nicht nur das religiöse Judentum, sondern auch ein jüdisches Leben neben den Gemeinden wird wichtig. Standen Juden in Deutschland lange für die Opfer des Holocaust, israelische Politik und Religiöses, erweitert sich das Repertoire jüdischer Zugehörigkeit und Angebote in Deutschland. Es gibt Institutionen, wie das jüdische Studienwerk ELES oder Netzer Germany, die eine Teilnahme am Jüdischen neben religiösen Zusammenhängen bieten. Es gibt immer mehr jüdische Schulen, Restaurants, Musik und ein junges, öffentlich äußerst präsentes, politisches Judentum, dass hart an einer Imageveränderung des deutschen Judentums mitwirkt. Vaterjuden, wie im Buch mehrfach beschrieben, sind maßgeblich involviert und als »jüdisch genug« toleriert bzw. anerkannt. Wer auch könnte hier das Korrektiv sein, einem Kind aus einer jüdischen Familie abzusprechen, als Jude aufzutreten?

Die eigene Jüdischkeit

Manche Kinder jüdischer Väter und nichtjüdischer Mütter verstehen sich als Juden, andere als Nichtjuden und manche als gemischte »Patris«.

2011, und auch einige Jahre davor, ist über das statistische Bundesamt nachvollziehbar, dass etwa 200 Vaterjuden jährlich geboren wurden. Das sind etwa ein Drittel aller Kinder mit mindestens einem jüdischen Elternteil. Wer sich davon jüdisch identifiziert, ist nicht nachzuvollziehen. In diesem Buch jedenfalls geht es deutlich um Vaterjuden, die etwas mit dem Jüdischen verbindet.

Für uns Vaterjuden in Deutschland und der Schweiz ist die jüdische Herkunft zunächst immer eine Differenzerfahrung zur nichtjüdischen Mehrheitsgesellschaft. Man fühlt sich anders, wenn es in der Schule beispielsweise um den Nationalsozialismus geht oder man bei nichtjüdischen Familien zu Besuch ist, denn diese haben, im Gegensatz zur eigenen Familie, etwa alle Großeltern.

Vor allem aber lässt sich in den Geschichten dieses Buches über die Verbindung von Vaterjuden zum Jüdischen lesen. Sie haben eine jüdische Familie, zu der sie sich zugehörig fühlen, dazu oft ein gewisses jüdisches Umfeld. Die Verbindung zum Jüdischen entfaltet sich dann oft auch über die Erzählungen aus der eigenen Kindheit, aus Familienzusammenhängen. Es sind szenische Erzählungen, die die familienspezifischen jüdischen Erbstücke offenlegen. In manchen Familien ist dies die Kultur – auch Gegenstände gehören dazu –, in anderen die Tradition oder auch die jüdische Bildung. Es sind jüdisches Wissen und jüdische Ethik, die Vaterjuden hier oft von Vätern und Großeltern und auch einem jüdischen Umfeld bewusst und auch unbewusst erfahren und verinnerlichen.

Als Kinder nehmen sie ihre Leben erstmal einfach, wie sie sind. Im Rückblick dann wird der Blick darauf erstaunter, weil durch die erweiterten Erfahrungen die Besonderheiten der kindlichen Normalität nun als etwas Außergewöhnliches erfasst werden können.

Fühlen sich Vaterjuden also jüdisch, kann die Frage gestellt werden, warum sie nicht (einfach) den oben beschrieben Weg gehen und konvertieren? Hierfür gibt es zwei immer wieder genannte Gründe: Zum einen sagen die, die sich jüdisch fühlen: »Wie soll ich etwas werden, das ich schon bin?«, und/oder sie können nicht übertreten, weil dies nur religiös geht, sie sich aber – aufgewachsen in einer eher säkularen Familie – nicht religiös fühlen. Nicht religiös, aber jüdisch – schon allein, weil das Judentum anders als andere Religionen mehr ist als nur eine Religion. Und man ist durchaus irgendwie jüdisch, aber anders und zwar eher so, wie wohl der Großteil der Juden. Gespielt haben dennoch wohl die meisten Vaterjuden mit dem Gedanken des Übertritts, denn so richtig los wird man das Judentum ja nun weder in der Fremdzuschreibung noch in der Selbstsicht.

Schlussendlich gibt es in allen Texten dieses Buches auch etwas, das uns als Eigenes ausmacht. Wir sind keine Juden und keine Nichtjuden, unsere Mischung daraus ist gut, so ist mancherorts in diesem Buch die Aussage. Selbst gelang es mir leider wenig zu konkretisieren, was diese Mischung denn ist. Möglicherweise ist das so schwer, weil sich »unsere Gruppe« nur für den Moment bildet, also das Vaterjüdischsein weder von den Eltern erlebt und tradiert wurde noch an die Kinder weitergegeben werden kann. Vaterjude zu sein entstammt keiner Tradition und ist nichts, was nicht immer wieder von jedem neu gefüllt werden müsste, und zwar vor dem Hintergrund der jeweiligen staatlichen Gesetze, gesellschaftlichen Spezifika und den eigenen Familien.

Zudem erkenne ich, dass das Revolutionäre der »Mischung« heute so ungewöhnlich gar nicht mehr ist. In der Hybriditätstheorie wird formuliert, dass die Mischung durch eine Grenzüberschreitung entsteht. Ob »Gottmensch« oder »Bastard«, in Mythen und realen Gesellschaften hatten sie einen eher zweifelhaften Ruf und stehen am Rande. Die interreligiöse Partnerschaft gilt mittlerweile kaum noch als Grenzüberschreitung. Weder werden nicht konfessionelle Vaterjuden heute etwa zum christlichen Religionsunterricht verpflichtet, noch sind sie überhaupt Ausnahmen in der stets pluralen Gesellschaft.

Tatsächlich fällt es mir gerade gar etwas schwer, die Mischung auszumachen, die für Vaterjuden eine Summe ergibt. Gelb und Blau verwirbelt werden zu einem unwiderruflichen Dritten, dem Grün. Patrilinear jüdischer Herkunft zu sein führt meinen Forschungen zufolge eher zu einer Addition: Man feiert Weihnachten und Schabbat.

Für Außenstehende können wir ein Mehrwert sein, denn als Vaterjuden bringen wir eine zusätzliche Kultur, eine andere Sicht mit ein, ohne in der des Gegenübers fremd zu sein. Wir Vaterjuden sind Diffundierende, wir haben zweierlei Teilchen und sind durchlässig – hauptsächlich in die Richtung nichtjüdischer Zusammenhänge.

Und jetzt?

Gerade in Deutschland ist es schier unmöglich, nicht auf seine Herkunft hin abgeklopft zu werden, und die jüdische Herkunft ist für Deutschland – das darf man auch im Jahr 2021 nicht außer Acht lassen – noch eine der großen historischen Herausforderungen. Vaterjuden also wurden beispielsweise verfolgt, haben eine jüdische Familie, nehmen Verantwortung für die jüdische Geschichte, formen das Bild des Jüdischen in Deutschland mittlerweile (mindestens seit Theodor W. Adorno) maßgeblich mit und haben eben oft auch einfach ein Stück weit eine jüdische Identität. Wir Vaterjuden sind Teil des deutschen Judentums – ob wir es wollen oder nicht.

Die jüdische Gemeinschaft Deutschlands wird diverser. Nicht nur, weil die Pluralität der religiösen Richtungen wächst, sondern, wie oben beschrieben, weil das jüdische Leben neben dem Religiösen immer umfangreicher wird. Zudem werden die Mitgliederzahlen der Gemeinden kleiner. Ob das an renovierungsbedürftigen Strukturen oder der Säkularisierung liegt, weiß ich nicht zu sagen, es ist hier auch irrelevant. Micha Brumlik zum Beispiel beschreibt im Deutschlandfunk, dass er das religiöse Judentum auf das Kerzenzünden am Schabbat und den Besuch der Synagoge an Feiertagen beschränkt.[11] Er lebt gewissermaßen ein religiöses Event-Judentum. Trotzdem ist er unbestreitbar einer der wichtigsten jüdischen Intellektuellen Deutschlands. Zahlreiche Juden leben nicht religiös, sind aber als Juden geboren. Sie müssen keiner Gemeinde angehören, keinen Schabbat halten und kein Wort Hebräisch können. Und das müsste auch für uns gelten können.

Wir Vaterjuden sind ein Teil unserer Familien, in die wir ungefragt hineingeboren wurden. Es erscheint mir, je länger ich mich damit befasse, eigentlich absurd, dass das alte religiöse Judentum das letzte Wort hat, um zu bestimmen, wer dazugehört, obschon dieses religiöse Judentum in das Gros dessen, was in ihrem eigenen Ver-

---

11 Oswalt, Stefanie (2021): Ein Zuhause in der Synagoge. Jüdische Gemeinden in Deutschland, 24.1.2021 https://www.deutschlandfunkkultur.de/juedische-gemeinden-in-deutschland-ein-zuhause-in-der.1278.de.html?dram:article_id=491286 (Zugriff am 30.4.2021).

ein heute relevant ist, gar nicht maßgeblich involviert ist. Wir leben in der Diaspora, nicht in einer jüdischen Mehrheitsgesellschaft. Die Rabbinen müssten sich meines Erachtens der Verantwortung dieser veränderten gesellschaftlichen Realität stellen und endlich ihr jüdisches Gewissen gegenüber Vaterjuden entdecken. Neben ihrer Rolle als Bewahrer der Tradition sind doch gerade sie es, die die jüdische Lehre und Praxis diskursiv mit Leben füllen. Oder gibt es da keine Moral, keine Menschlichkeit, keine Empathie? Es ist doch wirklich langsam an der Zeit, sich öffentlich ein Herz zu fassen und Bedingungen zu schaffen, unter denen auch die religiösen Autoritäten uns – so wir wollen – in unserem legitimen Zuhause aufnehmen, schützen, akzeptieren und wertschätzen. Konvertiten haben einen Status, selbst die ausgestoßenen Mamser, die illegitimen Kinder, sind im Gesetz bedacht. Da ist das dauerhafte Wegducken vor Vaterjuden schlicht mal als dem Judentum unwürdig zu bezeichnen!

Denke und sage ich, Ruth Zeifert.

Glossar

Alijah	Einwanderung nach Israel
Bar Mizwa/Bat Mizwa	Feier zur Religionsmündigkeit von Jungen (Bar Mizwa) und Mädchen (Bat Mizwa)
baruch ata Adonaj Elohejnu melech ha'olam	Gepriesen seist du, Ewiger, unser G'tt. Du regierst die Welt
Bikur Cholim	die Kranken besuchen, Trost und Beistand geben; Krankenkasse
Brit Milah	Beschneidung des Knaben am 8. Lebenstag
Chulzah	uniformähnliches Hemd der jüdischen Jugendgruppe, wie Pfadfinderuniform
Chanukka	Lichterfest zum Gedenken an die Wiedereinweihung des zweiten Tempels
Chanukkia	acht- bzw. neunarmiger Leuchter, dessen Kerzen zu Chanukka angezündet werden
Charedische Juden	ultraorthodoxe Juden
Chasside, Chassidim	religiös-mystische Strömung und Teil des ultraorthodoxen Judentums

Cheder	traditionelle, religiöse Schule für den Anfangsunterricht
Chuzpe	eine Mischung aus intelligenter Unverschämtheit, charmanter Penetranz und unwiderstehlicher Dreistigkeit
Efo Ima? Lama Ima? Or. Chaver. Bejachad. Chamudi	Wo ist Mutter? Warum Mutter? Licht. Freund. Zusammen. Süßer (oft für kleine Kinder)
Giur	Übertritt zum Judentum
Goi (Goj), gojisch	Nichtjude, nichtjüdisch
Gojim Naches	unjüdischer Unfug
Haaretz	israelische Tageszeitung
Halacha, halachisch	der rechtliche Teil der Überlieferung des Judentums; jüdisches Gesetz
Jahrzeit	Gebet für den/die Verstorbene in der Synagoge
Jeschiwa	Studium des Talmud und der Thora, nur für Männer
Jom haAtzma'ut	Unabhängigkeitstag
Jom Hashoah	nationaler Gedenktag für die Opfer des Holocaust
Jom Kippur	Versöhnungstag, höchster jüdischer Feiertag
Kaddisch	wichtiges Gebet, das v. a.im Trauerfall gesprochen wird
Kaschrut	jüdische Speisevorschriften
Keren Hayesod	Spendenorganisation zur Unterstützung v. a. für Menschen in Israel, die eine Alijah durchführen

Kibbuz, Kibbuzim	ländliche Kollektivsiedlung in Israel mit gemeinsamem Eigentum und basisdemokratischen Strukturen
Kol Hakavod!	Gut gemacht!, Alle Achtung!
Kova Tembel	Kopfbedeckung, Mütze, die in Israel Kultstatus hatte
Lewaja	Trauerfeier, Trauerzug
Limmud-Bewegung	Limmud = lernen; Konferenzen, Festivals, Veranstaltungen zu »jüdischem Lernen«
Machane, Machanot	Ferienlager, Freizeitcamp(s) für Kinder und Jugendliche
Madrich	Betreuer
Makkabiade	größte internationale jüdische Sportveranstaltung, analog zur Olympiade
Mamser	Nachkomme einer verbotenen Beziehung zwischen einer Jüdin und einem Juden
Masel tov!	Viel Glück!
Mazzen, Matzen	ungesäuerter Brotfladen, das an Pessach gegessen wird
Mea Shearim	Stadtviertel in Jerusalem, das überwiegend von ultraorthodoxen Jüdinnen und Juden bewohnt wird
Menora	siebenarmiger Leuchter, wichtiges Symbol des Judentums
Meschugge	überspannt, verrückt
Mikwe	rituelles Tauchbad

Minjan	Quorum von mindestens 10 Juden, das nötig ist, um einen Gottesdienst durchzuführen
Mischpoke, Mischpoche	Familie
Mizwa	religiöses Gebot, Pflicht
Moschav, Moschavim	genossenschaftlich organisierte ländliche Siedlung
privilegierte Ehe	im Nationalsozialismus Mischehe zwischen einem Juden und einer Nichtjüdin
Purim	Fest zur Errettung des jüdischen Volkes in der persischen Diaspora
Risches	im Jiddischen umgangssprachlich für Antisemitismus
Rosh Hashana	jüdischer Neujahrstag
Sabra, Sabre	Kaktusfeige, Bezeichnung für in Israel geborene Jüdinnen und Juden
Schacharit	Morgengebet
Schehechejanu	»Der uns das Leben gegeben hat«, Segensspruch
Schma Israel	jüdisches Glaubensbekenntnis
Schickse, Shiksa	nichtjüdische Frau
Schomer/Schomeret Schabbat	der-/diejenige, der/die die Schabbat-Gebote einhält
Siddur	jüdisches Gebetbuch
Ulpan	Intensivkurs in Iwrith/Hebräisch in Israel
Zores	Sorgen, Streit